www.mayabooks.co.kr

www.mayabooks.co.kr

광전사가 죽지 않아!

광전사가 ❾ 죽지 않아!

지은이 | 누워서보자
펴낸이 | 권순남
펴낸곳 | (주)마야·마루출판사
등록 | 2008. 1. 7(제310-2008-00001호)

초판 인쇄 | 2019. 10. 17
초판 발행 | 2019. 10. 22

주소 | 서울시 노원구 상계 1동 1049-25 신영산업 BD 602호
대표전화 | 02-2091-0291
팩스 | 02-2091-0290
이메일 | marubooks@hanmail.net

ISBN | 978-89-280-9326-7(세트) / 978-89-280-6787-9
정가 | 8,000원

잘못된 책은 교환하여 드립니다.
저자와 협의하여 인지를 붙이지 않습니다.

「이 도서의 국립중앙도서관 출판시도서목록(CIP)은 서지정보유통지원시스템 홈페이지(http://seoji.nl.go.kr)와 국가자료공동목록시스템(http://www.nl.go.kr/kolisnet)에서 이용하실 수 있습니다.」
(CIP제어번호:CIP2019038935)

광전사가 죽지 않아! 9

MAYA&MARU GAME FANTASY STORY
누워서보자 게임 판타지 장편소설

마야&마루

✢ 목 차 ✢

제63장. 날강도냐! ···007

제64장. 길드 ···035

제65장. 랭커들 ···063

제66장. 소환 ···103

제67장. 선빵 ···133

제68장. 마계와 바벨토라니아 ···163

제69장. 승부를 보자 ···215

제70장. 아멜로스 ···243

제71장. 대난투 ···297

광전사가 죽지 않아!

광전사가 죽지 않아!

 열흘 정도가 지났다.
 슬슬 맡겨 놓았던 '아포피스의 눈'이 무기로 승화됐을 시간이다.
 나는 사막 도시 아지랑에서 가뭄의 대장간까지 달릴 준비를 하고 있었다.
 아직 도착하지도 않았건만 벌써부터 기대가 되었다.
 과연 어떤 무기가 탄생했을까.
 가뭄이 말하기를 아주 사악한 것이 만들어질 거라 했다.
 당연하다면 당연했다.
 아포피스는 이집트 신화에서도 끝판왕이었던 악신.
 그 사악함은 이루 말할 수 없으니, 홀리 가디언에서도 그 위세를 감당하기 힘들다.

고작해야 눈뿐이어도 인간은 그 사악함을 견디지 못해 저주받아 죽는다.

흑왕이나 나와 같은 모험가가 아니라면 필시 타락하리라.

"빨리 만져 보고 싶다."

그 정도의 신급 기물로 제작된 검.

나는 참지 못하고 사막을 질주하기 시작했다.

깡! 깡!

대장간 안에서 망치질 소리가 멈추지 않았다.

문 앞에 서 가볍게 노크를 했다.

"저 왔습니다."

"……"

대답은 들려오지 않았다.

저번에도 이 정도 노크로는 반응하지 않았다.

조금 더 세게 문을 두드렸다.

쾅쾅쾅쾅!

"저 왔다고요!"

캉! 캉!

찌르는 듯한 망치 소리가 대답을 대신한다.

나는 미간을 좁히고 문고리를 쥐었다.

더 시끄럽게 노크를 하면 분명 불같이 성질을 낼 것이다.

어차피 들어오라 할 테니 고리를 당겼다.
화르르륵!
"끄악!"
새빨간 불길이 문밖으로 튀어나왔다.
화들짝 놀라 엉덩방아를 찧었다.
검은 연기를 동반한 불길이 용광로라도 된 것처럼 사정없이 분출되었다.
그러다 쿵쿵 냄새를 맡으니 뭔가가 탔는지 꼬릿하다.
원인을 찾기 위해 고개를 좌우로 돌리다 눈가에 검은 머리카락 몇 가닥이 흔들거리는 게 보였다.
왜 검은 머리카락이 달려 있지?
분명 새빨간 적발이어야 하는…….
"설마……."
손으로 머리카락을 끌어당겼다.
뚝! 엿가락 부러지듯 검은 머리카락들이 대거 끊어졌다. 불길이 튀쳐나오는 순간 아무래도 앞머리 일부가 탄 모양이었다.
음……. 일부만?
거울 시스템을 작동시켰다. 그리고 비명을 내질러야만 했다.
"내 머리!"
가뜩이나 양아치처럼 새빨개진 것도 극혐인데…….
"아아……."
앞머리만 타긴 했다.
문제는…….

"다 탔잖아!"
머리를 밀어야 할 판이다.

후우!
가뭄이 기다란 코를 쭉 뻗어 숨을 토했다.
그 안에서 불이 튀어나와 쇠를 달구었다.
완성이 코앞이다.
망치를 연신 두들겼다.
붉은빛과 노란빛이 뒤섞인 칼날이 불똥을 튀겼다.
칼날을 잡은 집게를 위로 들었다.
하얀 연기가 넘실거리며 흘러나오는 것이 자태가 제대로 보이지 않았다.
후우……. 한 번 더 숨결을 내뱉었다.
이번엔 불 대신 물이 튀어나왔다.
치이익! 고열로 달궈진 철이 순식간에 제 색을 되찾았다.
하나 거뭇한 것이 묻어 꼴이 말이 아니다.
한 번 더 물을 뿜었다.
옆에 둔 헝겊으로 물기와 먼지를 싹 닦았다.
"하하!"
가뭄은 뭔가를 만들면서 웃어 본 적이 손에 꼽혔다. 그럴 때마다 탄생한 것은 세상에서 가장 귀한 취급을 받았다.

이번에도 마찬가지였다.

그는 커다란 입을 위로 찢어 올렸다.

준비해 둔 힐트를 들었다.

폼멜에서부터 가드까지 이어진 자태는 무광의 흑색.

가드의 중심부에 박혀 있는 검은 돌은 끊임없이 불길한 힘을 흘리고 있었다.

아직까진 '명검' 수준밖에 안 되는 칼날을 힐트의 홈에 끼워 넣었다.

그 순간이었다.

사아아악!

하마터면 검을 손에서 떨어트릴 뻔했다.

은빛 칼날이 순식간에 어둠으로 적셔졌다.

염색되듯 광을 띠던 외관이 빛 한 점 허용하지 않겠다는 듯 검어졌다.

사악한 촉수가 튀어나와 가믐의 손을 찔렀다. 피부를 뚫고 혈관과 신경을 옭아매니 끔찍한 격통이 일었다.

하지만 가믐은 그저 지켜보았다.

이 정도 고통은 그에게 있어 아무것도 아니었다.

"이 정도인가?"

과연이라 할 만했다.

고작해야 작은 조각이지만 그것은 한때 세상을 유린하고 신을 능멸했던 사악한 존재에게서 기반된 것.

아닌 말로 이것을 매개로 사용한다면 '본체'를 장시간 강림시키는 것도 가능하리라.
 가뭄이 몸을 돌렸다.
 열기가 극심하고 불길이 사정없이 뻗어 나와 굳게 닫아두었던 문이 열려 있었다.
 그 앞에 한 남자가 서 있으니.
 "머리가 왜 그따위야?"
 앞머리가 홀라당 타 보기 흉했다.

 "쿠흡!"
 웃음을 참는 가뭄의 표정이 불쾌하다.
 나는 뚱한 얼굴로 자리에 앉았다.
 "그러니까 함부로 문을 열지 말지 그랬나?"
 "…대체 어떤 대장간에서 망치질을 하는데 건물 내부 전체가 불길에 휩싸입니까? 어떤 대장간이 문을 열었다고 불이 뿜어져 나와 앞머리를 태우냐고요!"
 "쿠흐흡!"
 "차라리 대놓고 웃으시죠?"
 "쿠하하핳핳!"
 그렇다고 너무 대놓고 웃는데?
 나는 쩝 소리를 내며 앞머리를 만졌다.
 게임이니 금방 복구되겠지만 마음에 들지 않았다.

풍성하던 앞머리가 한 줌 재가 되다니.
현실이었다면 한 달간 바깥엔 절대 나가지 않았으리라.
"후우……. 그래서 완성은 된 겁니까?"
"완성됐다."
앞머리는 앞머리고.
이곳에 온 목적부터 확인하자.
나는 괜히 긴장되어 목이 말랐다.
입술을 침으로 적시고 말했다.
"보여 주십쇼."
가뮈이 허공에 손을 뻗었다.
공간이 물결치며 두터운 회색 손이 그 안으로 들어갔다. 그러곤 뭔가를 찾듯 팔을 휘젓다 찾았는지 그대로 끄집어냈다.
물결 바깥으로 새까만 무언가가 나타났다.
얄쌍하지만 고급스러운 폼멜을 시작으로.
검은 천으로 단단하게 동여맨 그립, 양옆에 날개를 펼친 것처럼 화려한 가드, 그 중심에 박힌 검은 돌은 멋지게 세공되어 있다.
가뮈이 그립을 움켜쥐고 단번에 뽑았다.
검집에서 뽑혀 나오듯 날카로운 소음이 귀를 파고든다.
그리고 나는 나도 모르게 눈을 크게 떴다.
"……."
"다르지?"
가뮈이 한쪽 입꼬리를 올리며 물어본다.

무광의 흑색 칼날은 언뜻 흑검 아스칼론과 비슷해 보인다. 하지만 보는 것만으로 알 수 있었다.

전혀 다르다.

검이 가지고 있는 힘부터 성격까지.

그 모든 게 천지차이였다.

"받아라."

가뭄이 검을 건넸다. 그러면서 경고를 잊지 않았다.

"조심해라. 아주 난폭할 테니."

'난폭?'

처음에는 그 말이 무슨 말인지 몰랐다.

분명 엄청난 무기이긴 해도 기본적으로 아이템 아니던가.

가뭄에게서 검을 받아 들었다.

그리고,

"헙!"

쥐는 것만으로 난폭하다는 게 무슨 뜻이었는지 알 수 있었다.

사악한 기운이 제멋대로 날뛴다.

아무것도 하지 않았는데 나를 집어삼키려고 촉수를 만들어 피부를 찔렀다.

순식간에 혈관과 손등의 신경을 옭아맨다.

내 팔이 내 것이 아닌 것 같은 이질감이 느껴졌다.

고작 게임 속 무기 주제에 통제를 벗어나다니.

홀리 가디언 역사상 신급 아이템은 몇 개 있었지만 그것들도 이런 식으로 살아 있진 않았다.
"과연 악신의 일부로 만들어졌기 때문인가?"
"재밌지 않아?"
가뮘이 두 눈을 반짝이며 물었다.
이 사람……. 아니지. 이 코끼리도 제정신은 아니다.
구원의 신격을 해방했다.
녹색 신력이 흘러나와 검을 쥔 오른손에 집중되었다.
사악한 기운에 신력이 닿는 순간-
스아아아아!
소름 끼치는 귀명(鬼鳴)이었다.
암(暗)과 녹(綠)이 뒤엉켰다.
그것은 힘 싸움이었고, 어떻게든 우위를 잡기 위한 발버둥이었다.
사악한 기운이 크게 부풀었다.
신력도 그에 대항하려고 자체적으로 크기를 불렸다.
아직까진 반쪽뿐이라 하나 신격의 힘이다.
사아아!
사악한 기운이 점점 작아진다.
반면 구원의 신력은 기세를 등에 업고 넓게 펼쳐져 내 손을 잠식한 사악한 기운을 집어삼키기 시작했다.
"호오……."
가뮘이 흥미로운 눈으로 앞에서 벌어지는 사태를 관망했다.

빌어먹을 코끼리!
분명 도와줄 방법이 있을 텐데 저렇게 지켜만 보고 있다.
이를 악물었다.
검이 주춤한 상태에서 더 몰아붙여야 한다.
뇌전의 신력을 일으켜 구원의 신력을 보강했다.
구원의 신력이 더 강해지자 사악한 기운이 확실히 누그러진 게 눈에 보였다.
혈관과 신경을 장악하던 촉수도 뽑아 버티는 데 사용했다. 하지만 이미 늦었다.
"흐아아압!"
두 신력이 한데 뭉쳐 사악한 기운을 꿀꺽 삼켰다.
나아가 그립을 타고 칼날까지 영향력을 뻗쳤다.
이번엔 역으로 내가 검을 통제할 것이다.
키리릭!
전과 다른 소리였다.
검은 스파크가 줄기차게 뿜어져 나왔다.
뇌전의 신력이 검은 스파크들을 하나둘 묶어 강제로 짓눌렀다. 마치 담당 일진처럼.
그렇게 힘 싸움을 시작한 지 10여 분이 흘렀다.
"후우!"
이마에 송골송골 맺혔던 땀방울은 어느새 볼을 타고 턱에 맺혀 바닥을 흥건하게 적시고 있었다.
"축하한다. 검을 네 것으로 만들었군."

가뭄이 어울리지 않게 박수를 쳤다.
기다란 코도 빙글빙글 돌린다.
나는 진 빠진 얼굴로 검을 내려다보았다.
"상태창."

[악신의 파편]
레벨:0(성장형, 통제 가능한 플레이어에 한해 착검 가능)
등급:신화
직업:검사 계열
공격력:5,200~9,450(성장 가능)
속도:빠른 공격 속도
내구도:∞
모든 능력치 +300(성장 가능)
명(明) 속성 저항력 50퍼센트 증가(성장 가능)
암(暗) 속성 100퍼센트 면역(성장 가능)
암(暗) 속성 공격력 50퍼센트 증가(성장 가능)
모든 속성 저항력 20퍼센트 증가(성장 가능)
명(明) 속성의 적에게 10,000의 고정 피해(성장 가능)
명(明) 속성의 적만 한해 공격력 30퍼센트 증가(성장 가능)
특수 효과:악신의 시선(성장), 태양이 사라진 세계(성장), 아포피스의 화신(성장), 어둠 파먹기(성장)
 수많은 신과 영웅이 기거하던 시대. 그 시대의 종막을 내린 악신 중 하나인 아포피스의 눈으로 제작된 사악한 검이다.

그 힘은 난폭하기 짝이 없으며 주인마저 물어 죽여 숙주로 삼으려는, 그야말로 악신의 화신이다.

"……."

할 말을 잃었다.

세상엔 정말 대단한 장비 아이템이 존재하지만 단언컨대 여태껏 이만한 것은 본 적 없었다.

심지어 모든 게 성장 가능한 희대의 사기 무기.

이 정도면 행성 파괴 무기라고 해도 이상하지 않으리라.

당장 현재까지 밝혀진 무기들보다 최소 3배 이상은 압도적인 스펙이었다.

'이런 걸 들고 싸운다면…….'

제로스에게 미안하지만 저번처럼 대등한 승부가 아닌 압도적으로 내가 발라 버릴 것이다.

'악신의 파편'은 그 정도로 말이 안 되었다.

검의 성능에 정신을 못 차리고 있을 때였다.

"힘에 잡아먹히지 마라."

가뭄이 지나가는 말로 그리 경고했다.

나는 말없이 고개를 끄덕였다.

"이건 검집이다."

투박한 검집이었다.

화려한 외양의 검과는 상반됐지만 막상 검을 집어넣으니 오히려 과해 보이지 않았다.

이런 게 조화라는 건가?

"감사합니다."

아스칼론은 인벤토리에 넣고 혁대에 검집을 끼워 넣었다.

"이제 정산 관련으로 얘기를 해 볼까?"

가뭠이 한쪽 눈꼬리를 올리며 손가락을 비볐다.

이 탐욕스러운 코끼리.

생긴 건 풀떼기만 먹고, 지내는 이곳도 허름하기 짝이 없어 안빈낙도형 생물인 줄 알았건만.

"그래서 얼마입니까?"

어차피 물건의 값이란 건 유통사가 없다면 제작자가 결정해야 한다.

재료값은 들지 않았으니 순전히 노동의 대가에 대한 액수.

무엇이든 재료값은 얼마 들지 않는다. 당장 치킨의 주재료인 생닭의 시가는 몇 푼 되지 않지만 그것이 조리 과정을 거쳐 브랜드값이 더해지는 순간 몇 배로 불어나는 법.

가뭠은 흑왕이 인정한 대장장이다.

거기다 대장간 밖으로 불길이 휘어 오를 만큼 엄청난 작업 과정이었다.

수중에 골드는 두둑하지만 긴장되는 것은 사실.

'얼마를 제시하려나?'

10만? 아니면 100만?

100만 골드라면 현금으로 15억 원 가까이 된다.

홀리 가디언의 가치가 상승한 만큼 골드 비율도 1.5배 정도 뛰었다.

가뭠이 내 앞으로 손바닥을 내밀었다.

처음부터 가격을 책정해 놨는지 거칠 것이 없었다.

"딱 이만큼만 내놔라."

액수를 입으로 꺼내진 않았다.

그저 보이는 것은 넓게 펼쳐진 3개의 손가락뿐.

"…30?"

"아니."

가뭠이 히죽 웃는다.

"300."

야! 이 씨!

"날강도냐!"

비싸도 너무 비싸다.

300만 골드라니?

"그걸 제작하는 데 보름이 걸렸다. 그것도 그냥 흘려보낸 보름이 아니라 한숨도 자지 않고 망치를 두드렸다."

"끄응……."

가뮈이란 고급 인력이 그 정도 시간을 쉬지 않고 공들여 완성해 낸 무기.

300만 골드.

내려면 낼 수 있다. 하지만 아무리 나라도 300만 골드를 덥석 줘 버릴 정도로 부자는 아니었다.

그렇다고 검을 보자니 300만 골드의 가치는 분명 있었다.

애초에 신화 등급이었다. 모든 무기 등급표 최상위에 있는 '신화'.

시중에 내놓으면 골드가 아니라 현금으로 수백억을 주겠다는 사람도 나올 것이다.

홀리 가디언이란 그 정도 게임이었다.

'그래, 가치를 생각하자.'

300만 골드!

고스펙 성장형 무기에 신화 등급인 점을 감안하면 절대 비싼 건 아니다.

"그……."

"뭐지?"

비싼 건 아니지만!

그래도 혹시 몰라 가뮈에게 물어보았다.

"골드랑 여러 금품을 섞어서 내도 괜찮습니까?"

가뮈이 동그란 눈을 반개했다.

입 밖으로 꺼내진 않았지만 심기가 불편하다는 표정이었다.

역시 안 되겠지.

깐깐한 코끼리라니까.

한숨을 내쉬며 인벤토리에서 여분으로 들고 다니는 백지수표를 꺼냈다.

"300만이랬죠?"

"보기나 하지."

펜을 꺼내 막 3을 적으려는데 가뭄이 입을 열었다.

손가락으로 펜을 한 바퀴 돌렸다.

나는 그를 보며 샐쭉하게 웃었다.

"좋은 생각입니다."

"흥! 단순히 네가 재밌는 물건을 많이 가진 것 같아 구경하려는 것뿐이다."

츤츤대기는…….

"어~ 디이~ 보오~ 자~"

인벤토리를 열었다.

지금까지 모아 온 가치 있는 것들이 잔뜩 있다.

NPC에겐 재료의 가치가 플레이어들과 다르니 잘만 하면 절반 이상 골드를 줄일 수 있을지도 모른다.

음……. 그건 좀 아니다. 많이 가 봐야 50만 골드이려나?

일단 가장 먼저,

"지하드란 곳을 아십니까?"

"호오……. 숨겨진 북대륙의 평원 아닌가?"

숨겨진 북대륙은 아틀란티스를 말한다.

역시 가뭄쯤 되면 아틀란티스의 존재도 알고 있는 모양이었다.

"그곳에서 손에 넣은 귀한 광석입니다."

인벤토리에서 꺼낸 것은 밤톨 모양의 은색 광석이었다. 신기한 것은 광석의 표면에 은은하게 청빛이 흘렀다.

"호오……."

광석을 집어 든 가뭄이 작게 감탄했다.

"가트륨. 그것이 광석의 이름입니다. 지하드의 유적에서 발견한 것으로 그 수가 무척이나 적어 희소성이 매우 높습니다."

실제로 가트륨은 고레벨 유저들이 꽤 많이 찾는 장비 재료였다. 그 값은 1킬로그램당 만 골드!

하지만 가뭄은 NPC이니 만 골드보다 더 쳐줄 수도 있다.

"괜찮군. 재밌는 아이가 나오겠어."

"이것 말고도 더 있습니다."

아틀란티스에 구했던 재료들과 팔려고 두었던 장비들을 모두 꺼냈다.

흑검 아스칼론도 그중 하나였다.

그리고 이건 가뭄한테 제작을 부탁하려 한 물건이기는 한데…….

'끄응…….'

고민이 된다.

골드를 아낄지, 이걸로 액세서리를 만들어 스펙을 높일지.

생각해 두었던 목걸이나 귀걸이, 반지가 있긴 하지만 더 좋은 게 만들어질 것 같단 말이지.

'이건 그냥 제작하자.'

골드야 더 벌면 되지만 좋은 재료는 쉽게 못 구한다.

나는 인벤토리 자리 하나를 차지하고 있는 '우주 결정'을 보았다.

일단 계산부터 끝내자.

"이 정도면 어떻습니까?"

"정말 재밌는 것들을 많이 가지고 있군. 개중엔 상당한 가치를 자랑하는 것들도 많아."

가뭄의 얼굴이 밝았다.

처음엔 어디 한번 꺼내 보기나 해 봐, 라는 얼굴이었는데.

"그래서 이 정도면 얼마나 쳐줍니까?"

"흐음……."

그의 눈이 다시 가늘어졌다.

꺼내 놓은 것들은 현 시점에서 구하기 힘든 것들이다. 희소성의 가치만 따져도 절대 적은 액수는 아닐 터.

"일단 필요한 것만 추리지."

'역시 다 가져가는 건 아닌가.'

예상은 했다.

다 가져가서 액수를 깎아 줬으면 좋겠지만 굳이 필요 없는 것까지 떠안을 필요는 없었다.

그래도 생각보다 많이 챙겼다.

재료는 싹 다 가져갔고, 장비들도 아스칼론을 필두로 등급이 높은 건 다 챙겼다.

남은 건 유니크 이하의 물건들뿐.

'알짜는 다 챙겼네.'

나는 남은 장비들을 다시 인벤토리에 집어넣었다.

가뭄을 보았다.

그는 가져간 물건들의 가치를 하나하나 따지고 있는 것 같았다. 그리고 결정을 내렸는지 나를 보며 말했다.

"72만 골드. 그 정도면 딱 맞겠군."

"허!"

생각보다 많은 액수였다.

50만 골드만 되어도 좋겠다고 생각했는데.

'개꿀!'

유저들에게 팔 때보다 훨씬 큰 금액이다.

역시 진짜 가치는 이런 장인들이 알아보는 법이다.

나는 만족스럽게 고개를 끄덕였다.

"남은 228만 골드, 수표로 드릴게요."

"마음대로."

바로 백지수표에 228만을 적고 손도장을 찍었다.

"자! 여기 있습니다."

"값은 다 치렀다. 그만 나가라."

"그 전에 하나 더 의뢰를 맡길 게 있는데요?"

"또 뭘 맡기려고?"

인벤토리에서 '우주 결정'을 꺼냈다.

가뭄의 눈이 반짝였다.

"아까 것들보다 훨씬 더 재미난 거로구나."

'악신의 파편'의 재료가 된 아포피스의 눈보단 가치가 떨어지지만 '우주 결정' 역시 전설 등급의 재료였다.

"뭘 만들 거지? 귀걸이? 반지? 목걸이?"

역시 가뭄쯤 되는 장인은 이런 재료로 뭘 만들어야 가장 베스트인지 눈치만으로 알았다.

그 전에 한 가지 짚고 가야 할 게 있었다.

"가뭄은 세공 좀 할 줄 아십니까?"

가뭄이 처음으로 놀란 얼굴이 되었다. 코가 바짝 길어지며 가뜩이나 동그란 눈이 더 땡그래졌다.

"지금 나에게 물은 건가?"

"그럼 가뭄이 당신 말고 또 누가 있습니까?"

설마 내가 그런 질문을 할 거라고 생각 못한 듯했다.

하긴 팔왕의 일인이 인정할 만한 장인이 바로 가뭄이었다.

애초에 아포피스의 눈을 가공할 수 있는 인물이 세상에 몇이나 되겠는가.

그러나 그건 그거고, 이건 이거다.

장비를 잘 만드는 것과 액세서리를 잘 만드는 건 전혀 다른 문제였다.

어느 정도는 만들 줄 알겠지. 손재주가 만렙일 테니까. 하지만 괜히 대장장이가 있고 세공사가 있는 게 아니다.

특히 액세서리처럼 섬세한 작업이 필요한 물건을 저렇게 크고 투박한 손으로 만들 수 있을까?

…당연히 만들 수 있다.

내가 가뮴에게 저런 질문을 던진 이유는 간단했다.

'자존심을 건드렸으니 최선을 다해 만들겠지.'

뛰어난 장인이기 때문에 가뮴은 나의 도발 같은 질문을 진심으로 받아들일 것이다.

"재밌는 질문이다. 그래, 그렇게 생각할 수도 있겠어."

가뮴의 커다란 입이 양옆으로 길게 찢어졌다.

눈은 웃고 있지 않았다.

"만들어 주마."

"믿고 맡겨도 됩니까?"

난 여기서 그치지 않고 한 번 더 그를 긁었다.

이번 건 자존심을 건드리려고 한 게 아니었다.

단순히 내 앞머리의 복수다.

그리고 그 도발은 제대로 관통했다.

"크하하하! 하루! 딱 하루면 족하다! 그때 보도록 하지."

"흐음……."

나는 팔짱을 끼고 살짝 고민하는 모양새를 했다.

이것도 의도된 연출이었다.

내가 잠깐 동안 침묵하고 있자 가뮴이 급해졌는지 발을 동동 굴렀다.

"나한테 맡겨라! 최상의 것을……. 아니지. 이 세상에서 나올 수 없는 최고의 보석을 만들어 주겠다!"
"좋습니다. 맡기죠."
이 이상 밀땅을 했다간 역풍을 맞을 수도 있으니 그만 수락했다.
"잘 부탁합니다."
"걱정 마라."
가뮴은 '우주 결정'을 쥐고 대장간으로 들어갔다.
쾅! 철문이 세게 닫히니 땅이 지진 난 것처럼 흔들렸다.
"그것참 튼튼한 건물이네."
나는 대장간을 뒤로하고 다시 아지랑으로 돌아갔다.

"큭!"
검은 머리의 백인 미녀가 흙바닥을 굴렀다.
두 자루의 검이 손을 떠나 바닥에 꽂혔다.
"젠장……."
스네이크는 아랫입술을 깨물었다.
그녀는 정면에 서 있는 남자를 보며 자리에서 일어났다.
"터프하군."
"빌어먹을 자식!"
"마음대로 부르라고. 그보다 이제 선택해야 할 것 같은데."
스네이크가 손가락을 까딱이자 그녀의 쌍검이 저절로

떠올라 손에 쥐어졌다.
"다시 하려고?"
남자가 얇은 레이피어를 어깨에 걸쳤다.
"무의미하다니까. 그냥 산하로 들어와."
"닥쳐!"
[아르신 쌍검술 2식 회오리 난무]
스네이크의 몸이 팽이처럼 회전했다.
회전으로 발생한 바람이 칼날처럼 사방에 쏘아졌다.
남자가 답이 없다는 듯 고개를 저었다.
"레벨은 그쪽이 더 높을지라도."
레이피어에 황금빛 강기가 일어났다.
"PVP는 얘기가 다르다니까."
그의 신형이 빛살처럼 빠르게 움직였다.
두 눈이 십자가 형태로 갈라졌다.
스네이크의 회전이 느려진 것처럼 선명하게 보였다.
그 안으로 레이피어를 찔러 넣었다.
[찌르기]
누구나 전사 계열로 전직하면 배울 수 있는 단순하기 짝이 없는 스킬.
그러한 스킬도 누구의 손에서 시전되느냐에 따라 위력이 천차만별로 달라진다.
지금처럼.
"크억!"

별다른 소리는 들리지 않았다. 그저 스네이크의 회전이 멈출 뿐이었다.

레이피어가 그녀의 왼쪽 가슴 위를 관통했다.

아무나 배울 수 있는 스킬이 히든 스킬 '아르신 쌍검술'을 파훼한 것이다.

스네이크가 한쪽 무릎을 꿇었다.

"'영송'의 길드장, 스네이크. 우리 쪽으로 와라. 그렇지 않으면 대대적인 토벌이 진행될 것이며, 너희가 설 수 있는 땅은 이 홀리 가디언에선 찾기 힘들 거야."

"퉤!"

스네이크가 남자에게 침을 뱉었다.

걸쭉한 가래침이었는데, 얼굴에 정통으로 맞았다.

남자, 아벨은 한숨을 내쉬며 손수건으로 침을 닦아 냈다.

"이러면 곤란해. 솔직히 당신이기 때문에 내가 이 정도로 참는 거야. 적당히 밀어내고 우리 '둠스데이' 밑으로 들어와. 섭섭지 않게 해 줄 테니까."

아벨. '둠스데이'의 기둥 중 하나인 '엠티네스'의 수장인 그였기에 이만한 배려를 할 수 있는 것이다.

아벨이 레이피어를 스네이크에게 겨누었다.

"이 이상 부탁하지 않을 거야. 만약 또 거절한다면 다음은 없을 테니 꼭 기억하라고."

"닥쳐."

"하아……. 어쩔 수 없지. 아름다운 꽃은 꺾기 힘든 법이라고 배웠으니."

 레이피어를 수직으로 들어 올렸다.

 스네이크는 이를 갈며 아벨에게 경고했다.

"나는 여기서 죽더라도."

 레이피어가 황금빛 꼬리를 늘어뜨리며 떨어졌다.

"우리는 네놈들의 목을 물어뜯을 거다."

 스악!

 핏방울이 허공으로 떠올랐다. 아벨의 옷에 사선으로 피가 튀었다. 얼굴에도 몇 방울 묻었다.

 그는 손가락으로 얼굴에 묻은 걸 대충 닦아 냈다.

"한편으론 대단한 여자라니까."

 시체가 된 스네이크가 서서히 사라졌다.

 남은 것은 별 볼 일 없는 아이템이었다.

 아벨은 미련 없이 몸을 돌리고 부하에게 연락했다.

"어, 나야. '성송' 쓸어버려. 아, 잔말 말고. 일이 그렇게 됐으니까. 어, 끊는다."

 통신을 끝낸 아벨이 힘껏 기지개를 켰다.

 아직 할 일이 많다.

 다음은 '제우스'다.

광전사가 죽지 않아!

다음 날이 밝았다.
곧장 가뮘의 대장간으로 향했다.
대장간에 도착한 나는 문 앞으로 가 귀를 기울였다.
평소 같으면 시끄러운 망치질 소리가 들려야겠지만 작업이 작업이니만큼 고요했다.
똑똑똑- 가볍게 노크했다.
"들어와."
이전과 달리 바로 가뮘의 허락이 떨어졌다.
역시 무시의 주범은 소음이었던 건가?
문을 열자 작은 원형 의자에 앉은 가뮘이 보였다.
그는 상당히 초췌해 보였다. 아닌 게 아니라 귀는 축 처졌고, 회색 피부엔 평소보다 더 많은 주름이 겹쳐져 있었다.

동그란 눈은 살짝 감겨 있었다.

가뭠이 코를 내게 들이밀었다.

그 끝에 반짝이는 뭔가가 걸려 있었다.

"진짜 하루 만에 완성하셨네요?"

목걸이였다.

그것을 받아 양쪽 엄지에 걸어 높이 들어 올렸다.

창밖에서 스며드는 빛에 우주를 담아 놓은 것 같은 보석이 영롱하게 반짝였다.

"한번 봐라."

그리 말하는 가뭠의 눈엔 피곤함과 같이 자신감이 서려 있었다. 얼마나 공을 들였는지 알 수 있는 대목이었다.

"감정."

[우주의 공포]
레벨:300
등급:전설
직업:모든 직업 사용 가능
내구도:400/400(수리 불가능)
모든 능력치 +220
모든 속성 저항력 200퍼센트 증가
모든 속성 공격력 200퍼센트 증가
피격 시 30퍼센트의 확률로 '가상 우주' 소환
가상 우주:시전자의 이동속도가 2배 증가하고, 모든 방

어력이 1.5배 증가한다. 10분 동안 유지되며, 소환이 해제되면 모든 적의 능력치를 20퍼센트 감소시킨다.

특수 효과:메테오 스트라이크(MAX, '가상 우주'에서만 사용 가능), 플래닛 브레이커(MAX, '가상 우주'에서만 사용 가능), 이차원의 악마(초월, '가상 우주'에서만 사용 가능, 시전 시 시전자 또한 위험에 빠질 수 있음)

고도의 연금술을 통해 만들어진 '우주 결정'으로 제작된 목걸이. 존재하지 않는 '가상 우주'를 소환할 수 있는 매개체며, 소환 시 막강한 권능을 발휘할 수 있게 된다.

"……."

할 말을 잃게 만드는 성능이었다.

일단 모든 스킬들이 MAX 레벨이었고, 마지막 스킬은 무려 초월급.

아직 스킬 레벨 제한이 풀리기 전이라지만 현 시점에선 말이 안 되었다.

더군다나 초월급 스킬이 포함돼 있다.

나까지 위험에 빠지는 리스크가 있긴 하지만 초월급인 이상 그 위력은 설명해 봐야 입만 아프다.

모두 '가상 우주'란 것이 소환되어야 사용할 수 있지만 30퍼센트의 확률이라 소환은 어렵지 않을 것 같았다.

"정말 괴물 같은 걸 만들었군요."

"값은 50만이다."

재료의 등급과 제작 과정이 하루에 그쳐서인지 값은 '악신의 파편'보다 한참 저렴했다.

50만 골드도 까무러칠 액수지만 나는 기분 좋게 지불했다.

"유용하게 쓰겠습니다."

"흥! 한동안 모험가는 네놈이 꽉 잡겠군."

'악신의 파편'과 '우주의 공포'.

두 개의 말도 안 되는 아이템을 손에 넣었다.

심지어 레벨 역시 내게 맞춰 제작해 바로 착용할 수 있었다.

'300레벨인 게 아쉽긴 하지만.'

액세서리 같은 경우는 흔하지 않기에 레벨 차가 많이 나도 착용하는 경우가 많다.

당장 나만 해도 게임 초기에 얻었던 O.P.B나 성전의 계시자가 남긴 팔찌, 영광된 자의 브로치, 영혼 감옥 목걸이를 아직도 착용했다.

하지만 목걸이는 오늘로써 교체다.

"이건 선물입니다."

나는 영혼 감옥 목걸이를 가뮈에게 건넸다.

키리코의 연구실을 털어 손에 넣은 것이지만 이제는 보내 줄 때다.

"불쾌한 것이로군."

수많은 영혼을 녹여 만든 목걸이였다.

불쾌한 게 당연하리라.

가뮈은 목걸이를 받았다. 그로선 이 정도 기물을 거절할 이유가 없었다.

"그만 가라."

쳇! 고맙단 인사도 없네.

그래도 마지막까지 예의를 차려 인사했다.

"다음에 괜찮은 게 있으면 또 맡기러 오겠습니다."

"그러든가."

가뭄을 뒤로하고 대장간을 나왔다.

엄청난 스펙 업을 이룩했다. 이 정도면 순식간에 레벨을 올려 단숨에 랭킹 1위 자리를 차지할 수 있을 것이다.

싱글벙글 웃음이 나올 때였다.

띠리리링-

"누구야?"

오랜만에 듣는 벨 소리에 발신자를 확인했다.

"스네이크?"

그것도 게임 내에서 건 게 아니라 오프라인으로 전화를 걸었다.

저번에 말했던 전속 모델 계약 때문인가?

그거 분명 안 한다고 말했는데.

일단 전화를 받았다.

"왜?"

(…알딘 씨.)

목소리가 무겁다.

평소라면 무슨 전화를 그런 식으로 받냐고 뭐라고 할 녀석인데.

"무슨 일 있어?"

(……)

"얌마! 왜 그래?"

(저… 저 좀 도와줄 수 있어요?)

평소와 달리 자신감 없는 목소리.

대체 무슨 일이기에 떨리는 목소리로 부탁한단 말인가?

"말해 봐."

(제 길드가… 사냥당했어요.)

"뭐? 사냥이라니?"

(말 그대로예요. '둠스데이'란 곳이…….)

둠스데이!

설마 그들이 스네이크의 길드까지 노렸단 말인가.

활동을 시작한 건 알고 있었다. 나로 인해 스타트가 영 좋지 못하긴 했지만.

'첫 타깃인 건가?'

그것도 아니면 이미 몇 개의 길드를 함락시켰나?

알려진 게 없으니 잘 모르겠다.

무엇보다 안타까웠다.

스네이크는 자신의 일에 강한 프라이드를 가진 녀석이었다. 그런 놈이 적의 힘을 버티지 못하고 내게 도움을 요청했다.

"위치가 어디야."

(도, 도와주실 거예요?)

"도와달라며."

(흐잉…….)

통신 너머로 울음소리가 들려왔다.

바보 같기는.

"뚝 그쳐."

(흐이잉……. 정말, 정말 고마……. 훌쩍! 고마어여……. 흐어어어!)

뭔 놈의 울음이 이리 절절해?

그 소리를 듣고 있자니 괜히 웃음이 나와 피식 실소했다.

그보다 '둠스데이'가 길드 사냥을 시작했다는 건 그 거대한 덩치를 직접 움직였다는 얘기다.

저번처럼 기둥 중 하나를 부린 게 아니었다.

'혼자 되나?'

지금 내 힘은 어지간한 길드 따위 단신으로 무너트릴 수 있는 수준이다.

국내에서 대형이라 취급받는 곳도 한바탕할 자신이 있었다.

하지만 '둠스데이'는 일종의 연합체였다.

그 수가 최소 수백 단위이며, 지금도 계속해서 늘어나고 있을 터.

'방법이 없나.'

지금까지는 계속 생각만 하고 있던 계획.

아무래도 실행에 옮길 때가 된 것 같다.

인원은 많지 않지만 생각보다 끌어들일 수 있는 인물은

몇 있다.

"야, 스네이크."

(훌쩍…… 네?)

"내 밑으로 들어와라."

(…그게 무슨 말이에요?)

"나, 길드 하나 만들어 볼란다."

권력의 함정에 빠져 동료들에게 배신당해 살해당했던 전생.

그 때문에 현생에선 길드를 만들지 않을 생각이었다. 오로지 일인군단으로서 모든 걸 해 보려고 했다.

생각보다 현실은 녹록지 않았다.

미래를 알고 있다고 모두 써먹을 수 있는 건 아니었다. 모르는 것이 숱해 고생했던 적도 한두 번이 아니었다.

그럴 때 옆에 누군가 있으면 편했겠지.

그런 생각을 종종 하곤 했다.

등을 맡길 수 있는 누군가가, 옆에 서서 같이 싸워 줄 수 있는 누군가가 있었다면 얼마나 편할까.

"어때?"

(…….)

대답은 곧장 들려오지 않았다.

이유는 대충 알고 있었다.

'둠스데이'에게 사냥당하는 이유는 딱 하나. 산하로 들어가기를 거부했기 때문이다.

그런데 내가 '둠스데이'와 똑같은 제안을 그녀에게 한 것이다.

하지만 다른 점이 하나 있다면.

그것은 바로-

(좋아요.)

"음?"

(좋다고요.)

즉각까진 아니지만 이렇게 짧은 시간 안에 대답할 줄은 꿈에도 생각지 못했다.

"지, 진짜로?"

(네. 알딘 씨라면 믿을 수 있어요.)

"나의 뭘 믿고……."

(지금까지 보여 준 모습? 그리고…아직 식지 않은 나의 애정?)

이 녀석도 참 질기다.

그럼에도 웃을 수밖에 없었다.

그날 이후로 거의 연락을 하지 않아 나름 서먹해졌다고 생각했었는데, 나만의 생각이었던 모양이다.

(길드명은 뭐로 지을 건가요?)

"그거에 대해서 할 말이 있어."

지금부터 내가 창설할 길드는 조금 다를 것이다.

조금 말이다.

그 시각.

빠삐루스는 검을 쥐고 정면에 선 2명의 플레이어를 보았다. 마법사로 보이는 자와 창술사로 보이는 자였다.

그들은 갑작스레 나타나 빠삐루스의 앞을 가로막았다.

굳이 누구냐고 물을 필요는 없었다.

가슴에 새겨진 문장이 그들의 정체를 대변해 주었다.

"또 '둠스데이'인가."

벌써 몇 번째인지 모르겠다.

알딘에게 도움을 받은 이후로도 몇 번이나 놈들은 집요하게 자신을 추적했다.

몇 번은 진심으로 위험했었다.

알딘에게 또 도움을 구해야 하나 하다가 그건 너무 민폐 같아 지금까지 잠자코 있었는데.

"랭킹 3위 빠삐루스."

"당신에게 제안합니다."

창술사가 그의 이름을 호명했고, 마법사가 본론을 꺼냈다.

"'둠스데이' 소속이 되어 우리에게 힘을 보태십시오."

그 말을 들은 빠삐루스는 웃음도 안 나왔다.

이전엔 뜬금없이 찾아와 나를 죽이려 한 놈들이 이번엔 밑으로 오란다.

어이가 없었다.

빠삐루스는 대답 대신 손가락 하나를 들어 올렸다.

"엿이나 까 잡숴."

반듯하게 선 중지가 그들에게 향하자 두 사람은 그럴 줄 알았다는 듯 공격 자세를 취했다.

빠삐루스도 검을 사선으로 쥐고 적청 강기를 뿜어냈다.

"이전의 버러지들을 생각한다면 포기하십시오. 저희 둘이 나선 이상 당신은 아무것도 하지 못하고 죽습니다."

"제안은 유효하다. 너의 목숨이 붙어 있을 때까지는."

"웃기는구나. 개자식들 주제에!"

창술사, 잭스가 현란한 스텝을 밟으며 창을 쇄도해 왔다.

빠삐루스는 눈을 가늘게 뜨며 몸을 뒤로 뺐다. 동시에 검을 휘둘러 참격을 날리니, 적청의 기운이 장막처럼 넓게 퍼져 나갔다.

"이미 보고받은 스킬입니다."

"안다."

창이 뱀처럼 휜다.

[웨이브 샷]

쾅!

구불거리던 창이 일직선으로 뻗어 나가며 창극에 맺힌 기운이 적청의 장막을 꿰뚫었다.

그 틈으로 마법사, 에이샤가 마법을 시전했다.

[질풍 시(矢)]

한 줄기 바람의 화살이 뚫린 구멍을 넘어 빠삐루스를 향해 질주했다.

빠삐루스의 눈이 가늘어졌다.

두 놈 모두 상상 이상의 강자였다. 보여 준 모습이 얼마 없어도 그 순간의 합만으로 충분히 파악할 수 있었다.
'위험하겠어.'
질풍 시의 바로 뒤로 장막을 완전히 걷어 낸 잭스가 따라붙었다.
빠삐루스는 검을 양손으로 쥐고 우거진 수풀 속으로 몸을 날렸다.
에이샤가 손가락을 구부리자 질풍 시가 빠삐루스가 사라진 곳으로 방향을 틀었다.
"허튼짓이다."
잭스가 머리 위로 창을 빙빙 돌렸다.
회오리바람이 일며 주변이 모래먼지로 가득 덮였다.
창대가 꺾이며 왼쪽에서부터 밀어내듯 휘둘러졌다.
콰아아아!
초승달 형태의 기파가 바닥을 긁었다.
맹수의 발톱처럼 그 형태는 무시무시했다.
"숨을 곳은 없을 것이다."
잭스가 도약하기 위해 살짝 무릎을 굽혔다.
그 순간 에이샤가 경호성을 터트렸다.
"뒤를!"
"숨지 않는다."
적청 강기가 하늘에 닿을 것처럼 길게 솟구쳤다.
빠삐루스는 차가운 얼굴로 검을 내리그었다.

잭스가 빠르게 몸을 회전시켰다.
서걱!
[폭풍의 나락]
에이샤의 손에서 고위 마법이 펼쳐졌다.
짙은 회색의 소용돌이 다섯 개가 땅과 하늘을 연결한 채 빠삐루스에게 빠르게 돌진했다.
잭스는 잘린 왼팔을 보며 이를 악물었다.
"왜? 나라고 계속 당하고만 있을 것 같아?"
적청 강기가 갑옷처럼 빠삐루스의 전신에 둘러졌다.
불길 같은 망토가 어깨에서부터 시작되어 허공에 펄럭였다.
"웃기지 마. 나는 끝까지 살아남을 거다. 나를 위해서, 내 아이를 위……!"
"말이 많군."
빠삐루스가 고개를 내려 자신의 가슴을 보았다.
무지갯빛으로 타오르는 화살이었다.
몸을 돌려 화살을 날린 장본인을 확인했다.
"쿨럭!"
"그래 봐야 거대 집단을 개인이 이길 수 없는 법이야."
"네, 네놈은 누구냐……."
"그건 몰라도 돼. '둠스데이' 밑으로 안 올 거라면서."
스악!
빠삐루스의 머리가 허공에 떠올랐다.
잭스와 아이샤는 그 광경을 보며 아랫입술을 깨물었다.

두 사람이 상대해 역으로 손해를 보게 만든 상대였다. 그런데 기습이라지만 고작 두 합으로 목숨을 취했다.

레벨도 그리 높진 않다 들었는데.

"다들 뭐 하십니까? 그만 일어나세요."

남자가 그들에게 손을 내밀었다.

흘러내리는 백금발과 현실에서 찾아볼 수 없는 미형의 얼굴, 그리고 녹아내릴 것 같은 미성까지.

그가 활짝 웃어 보였다.

당신들에게 책임을 묻지 않겠다는 듯.

에이샤의 얼굴이 붉어졌다. 같은 남자인 잭스 역시 그 말도 안 되는 아름다움에 넋을 잃었다.

"다음 임무가 있습니다."

두 사람이 자리에서 일어났다.

그들은 가벼운 묵례를 하고 자리를 떠났다.

홀로 남은 남자는 미소를 지웠다.

대신 그 자리에 아주 차가운 표정만이 남아 있었다.

그는 아멜로스였다.

✟ ✟ ✟

길드를 창설하려면 가장 먼저 길드 창설소에 가야 한다.

길드 창설소는 대륙에 몇 개 없었다.

그중 가장 유명한 곳은 역시,

"진짜 오랜만에 오네."

시작의 마을, 바켈이었다.

한국 서버의 스타팅 포인트이기도 했다.

주변을 둘러보니 이제 막 시작하는 유저들이 잔뜩 보였다.

그들은 서로 모여 정보를 공유하기도 하고, 파티를 짜 사냥에 나서기도 했다.

개중엔 베테랑으로 보이는 유저들이 초보들을 꼬시는 광경도 있었다.

나는 고개를 저으며 피식 웃었다.

왠지 과거로 되돌아온 기분이다.

아, 나는 진짜로 과거로 돌아온 사람이지.

"가 보자고."

길드 창설소라.

처음 바켈로 소환됐을 땐 절대 길드를 만들지 않을 생각이었는데.

결국 이렇게 될 수밖에 없는 운명이었나 보다.

길드명은 이미 정해 놓았다.

만약 길드를 만들 거면 이 이름으로 하자고 처음부터 결정해 두었다.

바로 길드 창설소에 들어갔다.

"어서 오세요~"

안내원 NPC가 밝은 미소로 맞아 주었다.

생각해 보면 모든 NPC 중 가장 힘든 NPC는 이 안내원이 아닐까?

 항상 웃고 있으니 표정을 풀지 못하잖아.

 처음부터 저렇게 프로그래밍됐겠지만, 사람 얼굴을 하고 있으니 또 마음이 편치 않다.

 대부분의 유저들은 신경도 안 쓰겠지만.

"길드를 창설하려고 왔습니다."

"따라오세요."

 안내원이 다소곳한 자세로 나를 안내했다.

 그녀가 문을 열어 주자 작은 사무실이 나타났다.

 하루에도 수십 개의 길드가 만들어지는 곳이란 게 믿기지 않는 규모였다.

 사무실엔 중년 남성 하나만 있었는데, 굉장히 푸근한 외모였다.

"들어오세요."

 그를 알고 있었다.

 제임스 워커. 바켈의 길드 창설소장이자 길드 창설 허가를 내려 줄 수 있는 유일한 NPC.

"길드를 창설하시려고요?"

 목소리마저 푸근해 계속 듣고 있다 보면 잠이 들 것만 같다.

"네."

 나는 짧게 대답하고 맞은편에 앉았다.

 안내원은 이미 사라지고 없었다.

"작성해 주세요."

길드 창설은 그리 복잡한 절차를 필요로 하지 않는다. 서류를 작성하고, 제임스 워커가 검토한 뒤 큰 문제가 없으면 바로 창설 비용을 받고 허가를 내려 준다.

서류엔 특별한 게 없었다.

이름을 적고 길드를 창설하려는 이유를 짧게 명시, 마지막으로 지장(指章)을 찍어 주면 끝.

제임스 워커가 서류를 읽다가 한 곳을 뚫어져라 보았다. 그러곤 허허 웃었다.

"이유가 참 재미나군요."

"평범할 뿐이죠."

"후후! 좋습니다. 창설금은 30골드입니다."

그 자리에서 바로 대금을 치렀다.

돈을 받은 제임스 워커는 내게 손을 내밀었다.

"부디 당신의 앞길에 밝은 미래만이 있기를."

"당신에게도."

[띠링! '길드명'을 정해 주십시오!]

허공에 떠오른 알림을 보며 나는 막힘없이 길드명을 외쳤다.

"흑룡(黑龍)."

[길드 '흑룡(黑龍)'이 창설되었습니다.]

[축하합니다!]

[길드 관리 설명서가 지급되었습니다. 멋진 길드를 꾸려 홀리 가디언을 빛내 주시길.]

"그만 나가 보겠습니다."
제임스 워커의 손을 놓고 밖으로 나갔다.
제임스 워커는 그 뒷모습을 보다 지나가듯 중얼거렸다.
"모두가 사이좋은 길드라……."
부디 그렇게 되기를 바라 본다.

　　　　✟　✟　✟

길드 창설소를 나온 나는 힘껏 기지개를 켰다.
길드를 만들었다.
그것도 전생에 운영했던 길드의 이름을 그대로 가져왔다.
잊고 싶은 기억이지만 굳이 '흑룡'을 다시 사용한 이유는 간단했다.
'흑룡'이란 이름으로 '둠스데이'를 무너트리고 싶었으니까.
절대로 넘어서지 못했던 난적을 이 손으로 무너트리고 싶었으니까.
나아가 배신자들을 이 이름으로 척살하고 싶었다.
"길드원부터 모집해야겠지?"
이미 다 생각해 두었다.
애초에 '흑룡'엔 많은 인원을 모집할 생각이 없었다.
그렇다고 덩치가 작진 않을 것이다.
계획대로 길드가 꾸려진다면 '둠스데이'조차 두렵지 않다.
왜냐하면 '둠스데이'가 사용했던 방식을 살짝 비틀어 쓸 생각이니까.

　바로 스네이크에게 통화를 걸었다.

　"어디야?"

　(저 지금 바켈에 도착했어요.)

　사전에 얘기를 해 놨기에 그녀는 사망 페널티가 끝나자마자 이곳으로 달려왔다.

　작은 카페에서 스네이크를 만났다.

　오랜만에 만난 그녀는 스트레스를 많이 받았는지 피부가 푸석해 보였다.

　"휴우……. 당신 얼굴 보니 그래도 마음이 조금 편해지네요."

　"여친 있는 남자한테 징그러운 소리 하지 말자."

　"에잉, 재미없게."

　여전히 얼굴과 매치가 안 되는 성격이다.

　피식 웃은 나는 그녀에게 말했다.

　"마무리는 잘해 놨어?"

　"네. 깔끔하게 끝내 놨어요."

　스네이크는 사전에 내가 구상한 길드에 대해 모두 들은 상태였다.

　처음엔 그게 가능하겠냐는 회의적인 반응이었고, 나중엔 가능만 하다면 '둠스데이'조차 막지 못할 거라 했다.

　같은 생각이었다.

　"길드장은 누구로?"

　"제 경호원 중 한 명이에요. 믿을 수 있는 사람이죠."

내가 구상한 새로운 길드.

그것은 바로 길드장들을 내 휘하에 두고 기존의 길드들을 부리는 방식이었다.

'둠스데이'는 계약서로 묶여 있는 비즈니스 단체다.

나는 그렇게까지 할 자금적 여유도 없었고, 돈 때문에 한 번 피를 본 사람이라 그러고 싶지도 않았다.

사실 새롭다 할 것도 없었다.

길드 연합 '조커'가 바로 이와 비슷한 방식이었으니까.

하지만 그곳은 3명의 연합장이 독재자처럼 군림했다.

그렇게 운영할 생각은 추호도 없다.

애초에 그랬다면 스네이크가 내게 올 리 없었다.

"나머지는 어때요?"

"얘기를 끝내 놓은 건 지금까지 2명."

스네이크를 제외한 2명의 길드장을 포섭했다.

제안한 길드장이 한 명 더 있지만, 그는 아직 확답을 내리지 않고 있었다.

"그런데 정말 괜찮겠어요?"

스네이크가 걱정스러운 투로 물었다.

"뭐가?"

"지분을 넘긴다는 거요."

내가 스네이크를 포함한 길드장들에게 '흑룡'으로 넘어오는 조건으로 준다고 제안한 것.

그것은 바로 길드의 지분이었다.

홀리 가디언의 길드는 일종의 사업체였다.

그러니 지분이 존재했고, 지분을 상실한 길드장은 회의를 통해 퇴출되는 일도 빈번했다.

"공평하게 20퍼센트씩이라니……."

아무리 플레이어로서 나의 명성이 드높다 한들 개인일 뿐이다. 길드라는 집단을 이끌던 자들이 고작 개인의 이름값만 보고 밑으로 올 리 없었다.

그래서 파격이라 해도 좋을 조건을 제시했다.

길드장 지분의 20퍼센트.

사실상 길드장이 가진 권한을 잃는다고 봐도 되는 수치였다.

"나는 상하 관계를 원하지 않아. 그게 내가 원하는 길드기도 했고."

애초에 이런 생각이 없었다면 저런 길드 구상은 못했을 것이다. 아니, 안 했을 것이다.

"또한 목표가 하나이니 굳이 욕심을 부릴 필요도 없고."

'둠스데이'를 무너트리고 복수를 마친다면 내게 있어 길드는 조금 특별한 놀이터로 남을 것이다.

"당신."

스네이크가 희미한 미소를 지었다.

그녀가 뭔가 말을 하려고 입술을 달싹이는 걸 손을 들어 막았다.

"또 반했다느니 이런 헛소리는 사전에 차단하마."

"쳇! 눈치는 기가 막히게 빠르다니까. 그래서 나머지는 언제 온대요?"
"곧 도착할 거야."
그 말이 끝나기 무섭게 카페의 문이 벌컥 열렸다.
호랑이도 제 말 하면 온다더니.
"여! 친구!"
"오랜만이다."
'울트론'의 길드장, 메제스가 도착했다.

"정말 괜찮겠나?"
"똑같은 소릴 하고 자빠졌네."
"푸흡!"
메제스의 말에 옆에 있던 스네이크가 웃음을 터트렸다.
그는 멋쩍은 얼굴로 뒤통수를 긁적였다.
"나야 자네에게 빚진 게 많고 또 제안도 좋아 바로 승낙했네만, 길드를 운영하는 사람으로서 이건 길드라기보다는……."
"친목 단체 같죠?"
"맞아요. 친목 단체."
스네이크의 말처럼 길드장으로서 권위가 없는 길드는 단순한 친목 단체와 크게 다르지 않았다.
"상관없어."
"흐음……. 목적만 이룰 수 있다면 된다, 그 말인가?"

"맞아."
"재밌군."
메제스 역시 '둠스데이'에게 고통받던 차였다.
실제로 내가 제안한 방식은 아니어도 연합체를 꾸리자는 길드가 꽤 많다고 했다.
물론 눈앞에 닥친 위기보다 자신들의 이익을 중요시해 대부분이 불발됐다.
개중엔 완성된 연합체도 있었지만 사공이 많으면 배가 산으로 가듯 명령 체계가 엉망이 되어 자멸했다.
그렇다고 '조커' 같은 연합체는 선례가 있어 나오지 않았다.
"욕심을 버렸기에 완성할 수 있는 연합체라."
'성송'과 '울트론'.
지금 산하로 확정 난 길드는 고작 둘뿐이지만 두 길드 모두 대형으로 취급받는다.
나머지 둘 역시 확정만 난다면 '둠스데이'까진 아니더라도 세계에서 적수를 찾기 힘든 거대 세력이 될 것이다.
거기에 길드장은 바로 나, 알딘이다.
"그렇게만 됐으면 좋겠군."
그때 뒤에서 낯선 목소리가 들렸다.
맞은편에 있던 메제스가 환한 얼굴로 손을 들었다.
"여! 음침한 자식! 또 특이한 방식으로 등장하는군?"
"시끄럽다, 근육 바보."
고개를 살짝 돌렸다.

그곳엔 흑의를 전신에 두른 남자가 서 있었다.

보는 건 이번이 초면이었다.

"당신이 '블랙 나이프'의 길드장, 하폰?"

"반갑다."

하폰은 코까지 올라오는 타이즈 마스크를 쓰고 있었는데, 자리에 앉으며 마스크를 턱 밑으로 내렸다.

"오."

스네이크가 작게 탄성을 흘렸다.

더럽게 잘생긴 놈이다.

사진으로 보긴 했지만 맨얼굴을 드러낸 적은 없었다.

"원래 얼굴을 드러내지 않는다고 들었는데."

"어차피 한솥밥을 먹게 됐는데, 굳이."

'울트론'과 더불어 국내에서 엄청난 인지도를 자랑하는 대형 길드 '블랙 나이프'.

하폰은 그곳의 길드장이었고, 메제스의 소개로 나와 함께하기로 한 인물이었다.

"그보다 그렇게만 됐으면 좋겠다는 게 무슨 뜻이지?"

상대가 초면에 반말로 스타트를 끊었으니 나도 반말로 나간다.

"그 말대로다. 초심을 지켰으면 좋겠다는 것."

하폰이 눈동자만 돌려 나를 쳐다보았다.

"뭐, 크게 상관은 없나? 목적만 달성할 수 있다면야 어떻게 되든 알 바 없지."

"워, 원래 이런 성격이니 이해해 주게."

나는 별말 하지 않았는데, 괜히 메제스가 나서 변명해 준다.

이런 성격인 건 이미 알고 있었다.

보는 게 초면인 거지, 전생에서부터 그를 알고 있었다.

접점이 없어 얽히진 않았지만 '블랙 나이프'는 굉장히 유능한 암살자 길드였다.

실제로 하폰과 나는 꽤 많이 비교되었다.

"이런 사람이 있는 것도 나쁘진 않지."

"여하튼 나머지 하나는 연락이 안 되나?"

"어. 고민 중인가 봐."

마지막 퍼즐만 잘 끼워 맞추면 '전쟁'의 발판이 마련된다.

"오늘은 그만 해산하지. 다들 각자 길드에서 마무리 지어야 할 것들이 있을 테니까."

"먼저 가겠다."

하폰이 푹 하고 바닥으로 꺼졌다. 그가 있던 자리엔 검은 연기만이 넘실거리고 있었다.

"엄청 재수 없네요."

"그러게."

"하하……! 나도 아직 위임을 하지 않은 상태라. 길드 전반적인 것도 좀 해결해 놔야 하고. 먼저 일어나지."

그다음은 메제스였다.

스네이크는 멀뚱히 앉아 있다가 벌떡 자리에서 일어났다.

"전 길드 일은 다 끝내 놨지만 저희와 함께할 수 있는 길드들이 꽤 될 테니 좀 더 알아볼게요. 많으면 많을수록 좋으니까."

"그래, 고맙다."

"제가 한 인맥 하잖아요?"

"웃기고 있네."

우리는 서로를 보며 웃음을 터트렸다.

스네이크마저 가고 혼자 남은 나는 창밖을 보았다.

길드 창설부터 길드원 모집까지 대부분 끝났다.

아직 퍼즐 한 조각이 남았지만 어떻게든 될 것이다.

「알딘 님.」

그때 채팅 하나가 날아왔다.

발신자의 이름을 확인했다.

"이 사람도 있었지."

발신자명엔 '빠삐루스'라 적혀 있었다.

제65장

랭커들

광전사가 죽지 않아!

이 사람도 오프라인에서 연락을 걸어왔다.

설마 싶었다.

통화를 받았다.

"오랜만입니다, 빠삐루스 씨."

(염치없이 또 연락을 드리게 됐습니다.)

염치가 없다라.

그렇다는 건 이번에도 내게 도움을 구한다는 건가?

이번엔 무슨 일 때문인지 아직 듣진 못했다. 하지만 왜인지 이유를 알 것 같았다.

"또 '둠스데이'입니까?"

(후후……. 역시 눈치가 빠르십니다. 하아, 당해 버렸네요.)

"언제 당하셨는데요?"

(불과 30분 전입니다. 그 집요한 녀석들……. 사실 그 일이 있고 나서도 저를 죽이겠다고 몇 번 찾아왔었습니다.)

"왜 얘기하지 않으시고."

(너무 민폐지 않습니까. 아무리 금전이 오고 가는 비즈니스 관계라고 해도요.)

빠삐루스의 심정을 십분 이해할 수 있었다.

당장 개인이 길드를 통째로 감당하는 것도 힘든데, '둠스데이'는 여러 길드가 통합된 초대형 길드였다.

가뜩이나 '둠스데이'와 척을 지게 된 상황인데, 자신 때문에 더 악화되는 걸 원하지 않았겠지.

한숨이 나왔지만 차라리 잘되었다.

"내일 페널티가 끝나면 다시 연락을 주세요. 만나서 얘기합시다. 저도 드릴 말이 있고."

(무슨 말 말인가요?)

"내일 뵈면 압니다."

그럼 그때 뵙죠.

통화가 끝났다.

다시 창밖으로 시선을 돌렸다.

빠삐루스만의 문제가 아니었다. '둠스데이'는 온갖 랭커들을 휘하에 두려고 패악을 부리고 있을 것이고, 많은 랭커들이 견디지 못하고 목줄을 찼을 것이다.

"지독한 놈들."

호조를 떠올렸다.

일신의 힘은 그저 그럴지언정 길드장으로서의 역량은 끝을 모르는 괴물.

실제로 그쪽으로 발달한 재능은 제로스의 무력과 비견될 정도였다. 특히나 특유의 냉철함과 상황 판단 능력은 숱한 길드 전쟁을 통해 두각을 드러냈다.

그런 놈이 너무 많은 무기를 가졌다.

더 이상 그렇게 두어선 안 된다.

"놈이 찜해 놨을 것들부터 빼앗아 오자."

선구안이 뛰어난들 회귀자의 능력 앞에 장사 없다.

나는 '둠스데이' 밑에서 활동한 랭커들을 모조리 꿰고 있었다. 한땐 나의 적이었으니까.

그중 아직 소속 없는 자들이 꽤 되었다.

'흑룡'은 4개의 길드를 바탕으로 '둠스데이'의 검이 될 자들을 끌어모으는 데서 시작될 것이다.

'빠삐루스는 그 시작일 뿐이야.'

은밀하게.

놈이 알지 못하도록.

하나둘 내 것으로 만들겠다.

호조는 집무실을 벗어나 복도를 거닐었다.

알딘에게 당해 손해 본 걸 어느 정도 회복해 다시 활동을 재개했다. 스타트가 좋아 길드 몇 군데는 일주일도 안 된 새에 산하로 들일 수 있었다.

고집 센 랭커들도 속속히 넘어오고 있는 추세이고.

유럽 쪽은 거의 평정이 끝났다.

삐리리-

"때마침 연락이 오는군."

호조는 허공에 떠오른 발신인 이름을 보며 작게 웃었다.

통화 버튼을 눌렀다.

"그래."

('제우스'를 무너트렸습니다.)

"그렇군."

세계 길드 랭킹 1위 '제우스'가 몰락했다.

그러나 호조의 표정엔 별다른 변화가 없었다.

당연히 해내야 될 문제 정도로 여겼다.

"저항이 심하진 않던가?"

(확실히 공식적인 1위 길드답게 매서웠습니다. 저희도 상당한 피해를 입었으니까요.)

하지만.

목소리의 주인이 그 말에 힘을 주었다.

(그래 봐야 고작 길드 하나. 유럽 서버의 길드 태반이 등을 돌린 상태였고, 적으로 돌아선 곳도 상당수였습니다.)

"후훗!"

(그들은 할 수 있는 게 없었습니다. 저희가 입은 피해도

그들이 자폭 수준으로 몸을 던졌기에 발생한 것이었습니다.)

"그래서 '제우스'의 주인이 뭐라 하던가?"

(그것이…….)

끝까지 듣지 않아도 어떤 대답을 했는지 알 것 같았다.

'제우스'의 길드장인 프랙탈은 자존심으로 똘똘 뭉친 인물로 유명하다. 그가 적에게 고개를 숙일 리 없었다.

별로 아쉽진 않았다.

오면 좋고 안 와도 그만인 길드가 '제우스'다.

그들은 랭킹 1위를 유지할 정도로 강하지만 그렇기에 고고했다. 어떻게든 다룰 수야 있겠지만, 그런 고생을 들이고 싶진 않았다.

'제우스'보다 차라리 두셋 정도의 길드를 복속시키는 게 더 편하고, 빠르고, 효율적이다.

"오늘도 서성이고 계시네요?"

복도 끝에서 아름다운 미성이 들려왔다.

붉은 머리카락이 탐스러울 정도로 흘러내리는 아름다운 미녀였다.

그녀는 '둠스데이'를 떠받치는 기둥 중 한 곳인 '로즈 캐슬'의 주인, 레이첼이었다.

얼마 전 파벌 싸움의 승자가 된 인물이기도 했다.

현재 그녀는 명실상부 호조 다음가는 권력자였다.

"무슨 생각을 그리 하시나요?"

"또 멋대로 여기까지 들어왔구나."

"호호! 못 올 곳은 아니잖아요."

교태 섞인 목소리를 흘리며 호조의 뒤에 선 레이첼은 부드럽게 그를 끌어안았다.

호조는 한숨을 내쉬며 그녀의 팔을 떼어 냈다.

"부끄러워하시긴."

"지시한 건 다 끝냈나?"

"말 잘 듣는 개가 되었답니다. 그냥 마음껏 부리시면 돼요. 원래도 실력이 있긴 했으니까 호신용 무기는 될 거예요."

"수고했다."

"그게 끝?"

레이첼이 요염하게 웃으며 턱을 호조의 어깨 위에 올렸다.

남미 여자가 적극적인 건 알고 있었지만 이 정도라곤 생각 못했다.

호조는 짧게 혀를 차고 그녀의 얼굴을 밀어냈다.

"할 일이 많다. 북미 서버 길드들은 어떻게 돼 가는지 보고할 수 있도록."

"확실히 자금력이 많이 동원된 길드가 많다 보니 녹록지 않아요~ 연합한 길드도 꽤 되고. 시간이 조금 걸릴 것 같네요."

"중국 서버는."

"정부 주도하에 운영되는 곳이 많잖아요. 개기면 거긴 꽥이니까."

레이첼이 손으로 목 긋는 시늉을 했다.

"느긋하게 보셔요, 느긋하게."

그녀의 말대로다.

'둠스데이'는 점점 더 거대해질 테고, 언젠간 홀리 가디언의 전반을 지배하는 제국이 될 것이다.

그러나 당장엔 적이 많았다.

특히 알짜 기업의 입김이 닿거나 중국과 러시아처럼 정부가 직접 관리하는 곳은 당장 무너트리기 어려웠다.

"유럽과 아프리카, 중동부터 먹어 치우시죠. 그러다 보면 언젠가 이 손에."

레이첼이 호조의 손을 들어 올렸다.

살짝 펼쳐진 손바닥 안에 왠지 지구본이 들려 있는 것 같았다.

"모든 게 올려져 있을 거랍니다."

레이첼이 속삭였다.

같잖은 행동이었지만 나쁘지만은 않았다.

그러나 딱 한 가지가 불안했다.

굳이 입 밖으로 꺼내진 않았지만 '둠스데이'가 창설되기 전부터 목에 걸린 가시처럼 거슬리는 존재.

'알딘.'

그는 과연 어디서 무엇을 하고 있을까.

자신들에게 선전포고를 했지만 그 이후로 별다른 행보를 보여 주지 않았다.

대체 뭘 준비하고 있기에 잠잠하단 말인가.

제로스에게서 알딘에 관해 듣지 못한 호조였다.

불안함이 스멀스멀 올라와 그의 마음속에서 두려움이란 싹을 피우고 있었다.

※ ※ ※

다음 날, 나는 빠삐루스와 카페에서 만남을 가졌다.

빠삐루스의 안색은 그리 좋지 못했는데, 허리춤을 보니 항상 가지고 다니던 검이 보이지 않았다.

아무래도 죽으면서 드롭한 게 검인 모양이었다.

"하하……. 어쩌다 보니 검을 떨궜습니다. 운도 더럽게 없네요."

"안타깝습니다."

"하아……. 그 빌어먹을 새끼들만 아니었다면."

빠삐루스가 한탄하듯 중얼거렸다.

"그보다 딸아이는……."

"어쩔 수 없이 최근에는 어린이집에 통원시키고 있습니다. 상황이 여의치 않으니."

"후우……. 차라리 잘됐습니다."

"무엇이 말입니까?"

빠삐루스라면 전력이 되고도 남는다.

무려 나 다음가는 랭커 아니던가.

"이번에 길드를 하나 만들었습니다."

"길드요?"

"네. '둠스데이'를 무너트리기 위해 만든 길드요."

빠뻬루스의 표정이 묘해졌다.

그는 잠시 생각에 잠기더니 생각을 정리했는지 입 밖으로 말을 꺼냈다.

"평범한 길드로는 '둠스데이'를 어쩌지 못합니다. 알딘 씨가 길드장이니 평범하진 않겠지만… 아시잖습니까."

많은 걸 생략했지만 알지 않냐는 말에 많은 것이 함축되어 있었다.

"맞습니다. 일개 길드로 놈들을 무너트리는 건 어불성설이죠. 계란으로 바위 치는 것보다 더 무모할 정도로."

"그럼 어떻게 하신다는 건지."

그에게 어떤 길드를 만들려는지 짧게 설명해 주었다.

모든 이야기를 들은 빠뻬루스는 믿기 힘들다는 얼굴이었다.

"그게 되겠습니까? 길드장들을 포섭한다니……."

빠뻬루스의 상식선에선 불가능한 일이었다.

"그래서 넘겨주었습니다. 제 지분을."

"네?"

"총 4명의 길드장에게 제 지분을 똑같이 분배해 넘겼습니다. 아직 한 명은 확답을 주지 않았으나 4개의 길드가 저희와 함께할 겁니다."

"허허!"

믿기 힘든 파격적인 조건이었다.

저 말이 사실이라면 분명 '둠스데이'와 한바탕할 수 있는 전력이 된다.

그렇다고 승리를 확신할 수 없었다.

오히려 계획대로 길드가 창설돼도 승산은 절반조차 되지 않는다.

"맞습니다. 4개의 길드를 등에 업는다지만 놈들은 10개가 넘어가는 길드가 합쳐져 만들어진 곳이니까요. 그러니 당신이 필요합니다."

"…제가 추가된다고 크게 달라지진 않을 텐데."

"당신 한 사람이라면 몰라도, 랭커들이 더 몰린다면요?"

그렇다면 얘기가 달라진다.

톱 100에 드는 랭커들은 다른 유저들과 확실히 다르다. 만약 그중 30명만 포섭해도 어지간한 길드들은 버티지 못하고 무릎을 꿇을 것이다.

말이 30명이지, 사실 10명만 포섭해도 그 길드는 무쌍을 찍어도 이상하지 않았다.

"문제는 시간입니다."

"어떤 시간 말씀이십니까?"

"그들 역시 저와 같은 생각입니다. 애당초 '둠스데이'가 빠삐루스 씨를 공격한 이유가 뭐라고 생각하십니까?"

"…거절했기 때문이죠."

처음엔 길드에 들어오라 제안했다.

그러나 거절이 계속되니 나중엔 협박이 되었고, 이제는 게임을 못하게 만들어 주겠다며 끊임없이 암살자를 보내왔다.

"다른 랭커들이라고 다를까요?"

"…복속된 랭커도 꽤 되겠죠."

빠삐루스는 이런 부분까지 생각하지 못한 듯했다.

그는 짧게 한숨을 내쉬었다.

"그렇다면 이미 늦은 거 아닙니까?"

"아뇨."

미래가 많이 바뀌었다지만 길드의 구성은 크게 달라지지 않았을 것이다.

오히려 악화되면 악화됐지, 좋아졌을 리는 없다.

가장 큰 이유는 '궁니르'의 부재였다.

주축이 되어야 할 길드가 내 손에 무너졌다.

호조 성격상 쿨하게 넘기겠지만 사실은 꽤 큰 문제였다. 그 빈자리를 메우려고 손해 좀 봤을 터.

그리고 지금 그들의 행보는 꽤 급한 감이 없잖아 있었다.

나 때문에 흐름이 끊겼기 때문이다.

"놈들이 찾아오는 주기가 어느 순간부터 잠깐 줄지 않았습니까?"

"맞습니다. 한동안은 안 보이다가 최근에 다시 나타나기 시작했습니다. 그러다 당해 버렸죠."

"그겁니다. 놈들은 한 번 주춤했어요. 이걸 제가 왜 아느

냐면, 그렇게 만든 게 저거든요."

히죽 웃으며 말했다.

빠삐루스가 잘못 들은 것처럼 고개를 갸웃거렸다.

"네?"

"빠삐루스 씨와의 일이 있고 '둠스데이'에서 꽤 영향력 있는 길드가 저를 공격해 왔습니다."

"헉!"

빠삐루스는 이 얘기를 처음 듣는 터라 상당히 놀란 기색이었다.

"괘, 괜히 저 때문에······."

"아뇨. 오히려 좋은 기회였습니다."

"그게 무슨······. 설마?"

"제가 그 길드를 완전히 박살 냈거든요. 아마 그 때문에 '둠스데이'가 주춤했을 겁니다."

"허!"

빠삐루스는 못 믿겠다는 얼굴이었지만 내가 어떤 사람인지 어느 정도 알고 있어 쉬이 부정하지 못했다.

"당신을 시작으로 이제 좀 제대로 모집해 보렵니다."

깍지 낀 손을 무릎에 올렸다.

"저와 같이하시죠."

깍지를 빼 오른손을 내밀었다.

"최강의 길드를 만들어 '둠스데이'를 무너트립시다."

빠삐루스가 나를 쳐다보았다.

그리고 시선을 내려 손을 보았다.
그는 몇 초간 고민하는가 싶더니 결심한 사람처럼 고개를 힘차게 끄덕였다.
"잘 부탁드립니다."
"저야말로."
이젠 돌이킬 수 없다.

창식이는 마왕성 안을 걷고 있었다.
곧 아주 재밌는 일이 벌어진다.
생각하는 것만으로 짜릿했다. 무려 '몬스터'가 되어 인간 세상에 소환되는 것이니 짜릿할 수밖에.
가장 먼저 뭘 할까?
창식이는 기분 나쁜 웃음을 흘리며 소환된 이후의 일을 계속해서 생각했다.
일단 그 근처의 마을부터 몰살시키자.
이번 퀘스트는 마왕이 힘을 어느 정도 전해 주니 강력하기 짝이 없는 경비병조차 그를 어찌할 수 없다.
"재밌겠군. 크큭!"
창식이는 중2병에 걸려 있다.
알딘에게 참교육을 당하고 조금 괜찮아졌지만 기본적으로 중2병 치료가 아니었기에 금세 되돌아왔다.

물론 가끔 알딘과 통화할 때면 일시적으로 완화되긴 하지만.

 삐리리리-

 호랑이도 제 말 하면 온다고.

 "으음……."

 알딘이었다.

 아마 소환 건으로 연락한 것일 터.

 요즘 들어 괜히 그에게 얘기했나 싶었다.

 "네, 형."

 창식이의 말투가 평범한 10대의 것으로 돌아왔다.

 (지금 뭐 하냐?)

 "그냥 있어요."

 (잘됐다. 나 좀 잠깐 보자.)

 무슨 할 말이라도 있나?

 통화까진 괜찮지만 실제로 만나는 건 조금 그랬다.

 일종의 트라우마랄까?

 게임이라지만 진짜 미친 듯이 얻어터졌다. 죽을 것 같다 싶으면 잠시 기다렸다가 회복된 걸 확인하고 또 팼다.

 그날의 기억이 아직까지 생생했다.

 그렇다고 거절하기엔 알딘이 너무 무섭다.

 "어디서요?"

 (벨체 알지?)

 "하크리마 왕국이요?"

하크리마 왕국은 아틀란티스에 있는 작은 나라다.
아름다운 경관이 잔뜩 있는 관광 명소였다.
벨체는 그중에서도 거대한 폭포가 인상적인 도시였다.
(맞아. 거기로 와.)
"지금요?"
(엉.)
통화가 끝났다.
창식이는 머리를 긁적였다.
한숨이 나왔다.
마음 같아선 그냥 쌩 까고 싶지만 그러기엔 보복이 너무 무섭다.
하는 수 없이 아틀란티스로 향하는 스크롤을 찢었다.

콰아아아아!
나이아가라를 실제로 본 적은 없지만 이것보다 웅장할까 싶다.
높은 절벽에서 쏟아져 내리는 새하얀 폭포는 그야말로 쉴 새 없이 터지는 폭탄 같았다.
저 밑에 있으면 직접 닿지 않아도 수압에 쓸려 즉사할 것만 같다.
"오랜만에 봐도 진짜 기가 막히네."

전생에 몇 번 봤지만 도저히 적응되지 않았다.
폭포 근처에 피어난 무지개들은 환상적이기까지 했다.
주변엔 커플들이 삼삼오오 모여 폭포를 배경 삼아 데이트를 즐기고 있었다.
괜히 옆구리가 시려서 아까 셀리느에게 전화를 걸었는데 하는 말이,

'지금 엄청 바쁘거든요? 끊어요!'

"쩝……."
요즘은 내가 연애를 하는 게 맞나 싶다.
못 본 지도 오래됐고, 오프라인 데이트는 아직까지 해 본 적이 없었다.
이게 랜선 연애인가 뭐신가 하는 건가 싶기도 하고.
한숨이 나왔다.
"그나저나 얜 왜 이렇게 안 와?"
약속을 잡은 지 이제 30분밖에 안 됐지만 한 세월이 흐른 것 같았다.
주문했던 커피도 다 마셨다.
한 잔 더 마실까 싶어 막 자리에서 일어나던 참이었다.
"형!"
창식이가 도착했다.
창식이는 이전에 본 복장을 그대로 하고 있었다.

어두침침한 흑색 로브에 후드를 깊게 뒤집어쓰고 있다.
왜 그러고 있는지 알 만했다.
"무슨 일이에요?"
창식이가 맞은편 자리에 앉았다.
후드 사이로 조금씩 삐져나와 있는 오색 빛깔의 머리카락이 보였다.
두 눈도 그림자에 가려졌지만 적청의 오드아이였다.
"아직도 그런 꼴이냐?"
"…커, 커스터마이징이라서요."
"눈은 그렇다 쳐도 머리는 바꿀 수 있잖아."
"흠흠!"
괜히 민망한지 헛기침을 하는 창식이.
나는 피식 웃으며 손을 저었다.
"뭐, 네 취향이니 알아서 하고."
"넵."
"내 길드에 들어와라."
"길드요?"
창식이가 고개를 갸웃거렸다.
"이번에 내가 길드를 하나 만들었거든."
"아하!"
"너 싸우는 거 좋아하잖아."
녀석과 많은 대화를 나눠 본 적은 없지만 한 가지만큼은 확실했다.

창식이는 자신의 힘을 과시하는 걸 매우 선호한다.

저번엔 상대가 나라서 어쩔 수 없이 굽혔지만, 약자들을 상대론 온갖 중2병 짓을 다 했을 것이다.

안 봐도 비디오였다.

"형이 만든 길드는 많이 싸워요?"

"네가 질리도록 싸우게 해 줄 수도 있어."

창식의 눈에 고민의 빛이 스쳤다.

애도 참 단순한 놈이었다.

대체 누가 많이 싸우게 해 준다고 가입 고민을 한단 말인가?

그런데 실제로 눈앞에서 벌어지고 있다.

"적이 있는 거예요?"

"응. 아주아주 크고 강한 적이."

"몬스터는 아니죠?"

몬스터라면 굳이 그렇게 표현하지 않았을 테니까.

창식이는 의외로 예리한 구석을 짚었다.

"맞아. 상대는 길드야."

"호오……. 형이 그렇게 말할 정도면 얼마나 강할는지. 아니, 세상에 그런 곳이 있긴 한……."

창식이가 하던 말을 멈췄다.

그는 생각에 잠긴 얼굴로 가만히 있더니 이윽고 입을 열었다.

"혹시 '둠스데이'랑 싸우는 거예요?"

창식이도 '둠스데이'에 대해 알고 있었다.

사실 모르는 게 이상했다.

'둠스데이'는 요즘 가장 뜨거운 감자였으니까. 모든 매체가 그들을 집중 조명하고, 그들의 패악질에 많은 네티즌들이 비난했다.

"그래. 놈들과 전쟁할 거야."

"전쟁……."

창식이의 눈이 한차례 반짝였다.

전쟁이란 단어가 10대 청소년의 가슴에 불을 지핀 것이다.

실제 전쟁이었다면 겁부터 먹었겠지만 이곳은 게임.

누군가를 합법적으로 죽일 수 있는 가상의 세계였다.

"너의 힘이 필요해."

나는 살짝 웃으며 그리 말했다.

"너라면 나의 등을 맡길 수 있어."

창식이의 입가에 옅은 떨림이 찾아왔다. 입꼬리가 위로 올라갈락 말락 꿈틀거린다.

"날 도와줘."

여기서 크게 한 방.

창식이의 적청의 눈이 살짝 휘었다.

"당연히 공짜로 길드에 와 달라는 말은 아니야."

공짜로 길드에 와 달라고 할 정도로 양심 없는 놈은 아니다.

지금의 창식이는 아닌 말로 그냥 가입시킬 수도 있을 것 같지만.

"이게 내 성의란다."

품에서 작은 주머니를 꺼냈다.

현재 창식이에게 가장 필요할 것 같은 물건이었다.
"이게… 뭔가요?"
"열어 봐."
테이블에 내려놓은 주머니를 창식이가 조심스럽게 열었다.
녀석의 눈이 휘둥그레졌다.
고개를 들어 나를 보는 눈빛에 약간의 존경심마저 있었다.
"마음에 들어?"
창식이의 고개가 빠른 속도로 내려갔다 올라가길 반복했다.
주머니의 내용물을 꺼냈다.
그것은 귀걸이였다.
"하하! 이런 걸 찾고 있었는데."
창식이의 눈엔 지금 귀걸이의 상태창이 떠 있을 것이다.
오로지 창식이를 위해 준비해 둔 선물이었다.
'마기 증폭'의 효과가 달린 것으로 바벨토라니아를 털어먹을 때 발견한 액세서리였다.
'운이 좋았지.'
바벨토라니아에 악마와 관련된 과학자들이 많아서 다행이었다.
창식이가 바로 귀걸이를 착용했다.
"호오……."
바로 효과가 오는지 손을 꼼지락거린다.
"할게요."
녀석은 더 이상 고민하지 않았다.

두 눈을 반짝이며,
"길드 가입할게요!"
그리 말할 뿐이었다.

✥ ✥ ✥

창식이를 뽑은 이유는 간단했다.
강하다. 그것도 엄청나게 강하다.
나와 제로스를 제외하면 유저 중에 놈을 막을 수 있는 사람은 거의 없을 것이다.
레벨도, 클래스도, 성향도.
모든 것이 싸움에 초점이 맞춰진 플레이어.
내가 아니라면 다루기 어려운 녀석이지만 그만큼 적들에겐 공포로 작용할 게 분명했다.
"무엇보다도 이용할 수 있는 게 많아."
'흑룡'이 완벽하게 구성돼도 '둠스데이'에게 밀릴 것이다.
이 점은 다른 사람들에게 말하지 않았다.
하지만 충분히 그 차이를 메울 수 있는 방법이 있었다.
'메인 스트림'.
나에겐 창식이가 있고, 전쟁에 끼기엔 많이 부족하지만 가이덴이 있다.
곧 시작될 메인 스트림의 주축이 될 인물이 둘이나 있는 것이다.

키리코가 죽은 이상 메인 스트림이 어떻게 흘러갈지 모른다.

다만 두 사람이 있는 이상 누구보다 빨리 정보를 얻을 수 있었고, 전쟁에도 충분히 이용할 수 있었다.

세 번째 메인 스트림의 스케일은 생각보다 많이 클 테니까.

"전략을 잘 짜야겠어."

가장 필요한 정보는 역시 '둠스데이'의 동선이다.

"흠……. 아, 정보 길드에 찾아가 봐야겠구나."

아멜로스의 오른팔, 피타의 추적을 음지의 정보 길드에 맡겨 놨었다.

여러 가지 일이 많아 또 잊고 있었다.

곧장 그리로 향했다.

'음지에도 쓸 만한 놈이 있어.'

겸사겸사라는 말이 있듯 음지엔 왕이라 불리는 이가 하나 있었다.

커뮤니티에도 자주는 아니고 가끔 거론되는 인물이었다.

과연 그와 대화가 통할지는 모르겠지만 한배를 탈 수 있다면 든든하리라.

✠ ✠ ✠

홀리 가디언엔 몇 개의 음지가 존재했다. 그중에 크다고 할 수 있는 곳은 총 세 곳이었다.

내가 방문한 곳은 그중 '달이 멈춘 곳'이라 불렸다.

"여긴 항상 어두컴컴하단 말이지."
 하늘이 검다.
 밤이 아닌데도 말이다.
 설정상으로 수백 년도 더 된 이곳은 마법의 폭주로 낮을 잃게 되었다.
 그러다 보니 자연스럽게 범죄 조직들이 모여들었다.
 그중 가잘 발달한 것은 정보 조직이었다.
 내가 방문할 곳은 그런 정보 조직 중에서도 발군이라 할 만했다.

〈기울어진 저울추〉

 팻말을 확인하고 문을 열었다.
 여타의 정보 조직들이 그렇듯 이곳 또한 클리셰를 벗어나지 못했다.
 이곳은 술집이었다.
 바로 주인에게 다가갔다.
 주인은 고개를 들더니 나를 슥 보고는 옆에 놓인 작은 종을 툭 쳤다.
 때앵~
 맑은 종소리가 울렸다.
 "들어가 보시오."
 이전에 와서인지 귀찮은 절차를 밟을 필요가 없었다.

웨이터 하나가 다가와 나를 안내했다.
도착한 곳은 낡은 문 앞이었다.
웨이터가 가볍게 노크를 했다.
"손님입니다."
"들여보내."
가래 낀 듯한 노인의 음성이었다.
웨이터가 문을 열어 주었다.
'여전하군.'
새하얀 연기가 문밖으로 튀어나왔다. 담배 연기였다.
얼마나 피워 댔는지 방 안이 뿌옇다 못해 앞이 안 보인다.
마력을 일으켜 연기를 흘려보냈다.
"꽤 늦었군."
연기 안쪽으로 덩치가 큰 남자의 실루엣이 보였다.
얼굴은 보이지 않았다.
저번에도 그랬고, 전생에도 그랬다.
이곳의 주인은 누군가에게 얼굴을 드러내지 않았다.
"그럴 일이 있었습니다."
적당히 말을 받아 주고 소파에 앉았다.
"당신이 맡겼던 의뢰, 그리 어렵지 않았소."
"바로 볼 수 있겠습니까?"
"먼저 대금을 치러야겠지. 100골드요."
어렵지 않았다면서 꽤 비싼 값을 제시한다.
어쩔 수 없었다. 음지에서 정보를 다루는 이들은 양지에서 다루는 이들과는 질적으로 차이가 난다.
바로 100골드를 주인에게 던져 주었다.
"그 앞에 놓여 있소."
소파 앞 탁자를 보니 어느샌가 종이 한 장이 놓여 있었다.
마법이었다.
여러 번 겪었지만 이런 유의 마법은 상당히 신기했다.
티를 내진 않았다. 그러면 너무 초짜처럼 보인다.
종이를 주워 들었다.
담배 연기가 너무 뿌예서 이곳에선 잘 보이지 않았다.
나가서 읽어 보기로 하고 바로 다음 의뢰를 부탁했다.
"한 조직의 행적을 하루 단위로 보고받고 싶습니다."
"호오? 바로 의뢰 요청인가."
"뭐, 그런 셈이죠."
"조직이라……. 꽤 비쌀 것이오."
"'둠스데이'라는 모험가들의 길드입니다."
실루엣이 살짝 흠칫했다.
그러곤 재밌다는 듯 큭큭 웃기 시작했다.
"요즘 가장 뜨거운 감자를 들고 오셨군."
"되겠습니까?"
"크크큭! 안 될 건 또 뭐란 말이오? 수지타산만 맞으면 우린 모든 정보를 줄 수 있소."
저 말은 절대 허언이 아니었다.
"믿어 보지."

"대금은 매일 정산하는 것으로. 이걸 들고 가시오."
다시 테이블로 눈을 돌리자 작은 금속패가 놓여 있었다.
"매일 정오에 그 패를 통해 정보가 송신될 것이오."
"저장 기능은?"
"있으니 걱정 마시고. 우리 쪽 계좌는 알 테지? 매일 100골드요."
빡세다.
하지만 '둠스데이'의 행적을 낱낱이 파헤칠 기회였다.
감수할 가치가 있었다.
"나가 보겠습니다."
"다음에 또 봅시다."
나는 곧장 '기울어진 저울추'를 나섰다. 그리고 조금 떨어진 곳에서 피타의 행적이 적힌 종이를 읽기 시작했다.
글을 다 읽은 후, 나는 소리 없이 웃음을 흘렸다.
"이건 또 무슨 운명의 장난이야?"
두 마리 토끼를 한 번에 잡으라는 신의 계시일지도 모르겠다.

✤ ✤ ✤

피타는 주먹에 묻은 피를 털어 냈다.
'둠스데이'에 들어온 지 한 달.
그는 상부의 명령에 자신의 힘을 증명해야 했다.
그것도 오늘로써 끝이다.

두꺼운 건틀릿을 벗어 바닥에 던졌다.
쾅!
얼마나 무거운지 땅이 움푹 파였다.
"후우!"
이마에 땀이 흥건하다.
긴장한 채 꿈틀거리는 근육은 흉할 정도였다.
피타는 바닥에 쓰러진 남자를 짐짝처럼 들어 올렸다.
황금으로 치장된 갑옷이 이곳저곳 파손되어 있다.
피타가 커다란 손으로 남자의 얼굴을 붙잡았다.
원래 형상을 못 알아볼 정도로 이곳저곳이 멍들고 불어 있었다.
"어떻게 할 거야?"
"……"
"말 안 한다, 이거지?"
쥐고 있는 얼굴을 놓았다.
남자가 힘없이 아래로 떨어졌다.
다리가 움직였다. 황소의 그것을 연상시킬 정도로 두꺼웠다.
"꺽!"
남자가 숨조차 제대로 토하지 못했다.
피타의 다리가 남자를 저 멀리 날려 버렸다.
콰앙! 커다란 바위에 충돌하자 남자의 신형이 무너진 돌무더기에 파묻혔다.
피타가 그리로 다가갔다.

삐져나온 다리를 붙잡고 그대로 들어 올렸다.
"어떻게 할 거야?"
똑같이 물었다.
대답은 들려오지 않았다.
피타는 혀를 차며 남자를 바닥에 집어 던졌다.
물통을 열어 얼굴에 쏟았다.
"푸학!"
정신을 차린 남자가 거친 숨을 토했다.
잔뜩 부푼 탓에 눈을 떴는지는 잘 모르겠지만 의식이 되살아났으니 아무래도 좋았다.
"어떻게 할 거야?"
한 번 더 물어본다.
남자가 피타를 돌아보았다.
피타는 팔짱을 낀 채 남자의 대답을 기다렸다.
인내심은 길지 않았다. 원체 다혈질이었고, 뭐든지 힘으로 하려는 습성이 있었다.
"그냥 죽어라."
"자, 잠깐!"
피타가 주먹을 들어 올렸다.
어찌나 큰지 남자가 두 손 들어 만류했다.
"들어가겠다……."
남자의 목소리엔 힘이 없었다.
피타가 픽 웃으며 그의 어깨를 두드렸다.

"잘 선택했다. 사람이 찾아갈 테니 정중히 맞아 주도록."
그리 말하곤 몸을 돌렸다.
그가 '둠스데이'에게 받은 명령은 산하로 들어올지 말지 결정 못한 길드들의 결정을 받아 오는 것이었다.
들어오겠다 하면 지금처럼 돌아가면 되고, 아니라고 하면 쳐 죽이면 된다. 게임을 접을 때까지.
"슬슬 아멜에게 갈 수 있겠군."
껌딱지처럼 붙어 다니던 그들이었다.
한 달간 연락만 주고받으니 일상이 어긋난 것 같았다.
아멜로스에겐 내가 필요하다.
피타는 그렇게 생각했다.
"음?"
그때 어디선가 시선이 느껴졌다.
피타는 인상을 구기며 주변을 둘러보았다.
아무것도 없었다.
탁 트인 평원이라 숨기 적당한 곳도 없으니 착각이리라.
"끄아! 빨리 돌아가자."
피타가 자리를 떠나고, 한 남자가 스르르 나타났다.
그는 수첩에 뭔가를 적더니 다시 스르르 사라졌다.

✢ ✢ ✢

나는 종이에 적힌 피타의 행적을 보며 손톱을 물었다.

일단 놀라웠다. 두 마리 토끼라고 표현은 했지만 놈이 이곳에 들어갔을 줄 몰랐다.

아멜로스가 간부로 있던 조직이 와해된 건 알고 있었다. 와해된 이유까진 모르겠지만 나로선 좀 더 두 사람을 손쉽게 요리할 수 있었다.

한데 '둠스데이' 소속이 될 줄이야.

피타가 이곳으로 들어갔다면 아멜로스 역시 마찬가지라고 보면 된다.

'바뀐 미래가 이런 식으로 작용하나?'

어쩌면 운명이 아닐까?

나와 아멜로스는 영원히 대적 관계가 되어 싸워야만 하는 숙명을 타고났을 수도 있다.

"개소리."

내 생각이지만 정말 말도 안 되는 헛소리다.

평범하게 아멜로스와 피타는 자신들을 보호해 줄 수 있는 조직으로 '둠스데이'를 택한 것이다.

그 말인즉, '둠스데이'의 뒤에 거대한 힘이 있다는 걸 알고 있다는 뜻이 된다.

"좀 빡세겠네."

'둠스데이' 자체로도 벅찬 상대였다.

그런데 아멜로스까지 그곳에 포함되었다.

누구보다 아멜로스에 대해 잘 알고 있었다.

놈은 지략이 뛰어나다. 타고난 사령관이며, 놈이 만들어

낸 전략 전술로 '흑룡'은 드높은 곳까지 올라갈 수 있었다.

전생에 '둠스데이'에게 잡아먹히지 않은 이유도 어찌 보면 아멜로스 덕이 컸다.

그런 지략 한정 여포가 거대 세력을 등에 업고 또다시 내 앞에 선다.

심지어 그의 호위 무사라 할 수 있는 피타까지.

피타는 최정상 유저들에 비하면 한 끗발 밀리지만 싸움을 굉장히 잘했다.

터프하기도 엄청 터프했다.

'차라리 핵쟁이들이랑 계속 어울렸다면 모르겠는데.'

여러모로 아쉽다.

하지만 딱 그 정도뿐.

아무리 머리가 좋은 놈이라도 미래를 아는 나와 견주기엔 손색이 있다.

이전보다 난이도가 올라갔을 뿐.

'결국은 내가 이겨.'

그러려면 원하는 패를 다 챙겨야 한다.

나는 종이를 구겨 버리곤 이곳에서도 특히나 짙은 어둠으로 향했다.

'달이 멈춘 곳'에서도 특히나 어두운 곳.

그곳엔 바깥에서 볼 수 없는 지독한 광경들이 매일 연출되었다.

누군가 죽는 건 일상다반사요, 자물쇠를 걸어 놓아도 다음 날이면 금품이 모조리 털려 있다.

어린아이들은 노역을 하고, 그렇게 큰 아이들은 범죄 조직에 속해 매일 목숨을 내놓고 다녔다.

하루에도 조직 간 항쟁이 수차례 벌어지니, 이곳은 그야말로 짐승들이 사는 세계였다.

그런 곳에 몇 달 전, 모험가 하나가 나타났다.

모험가는 어째선지 범죄 조직에 들어 임무를 하나씩 완수해 나갔다.

성장이 빠른 모험가 특성상 순식간에 위로 치고 올라갔다. '달이 멈춘 곳'엔 강한 NPC가 많지 않았다.

당연했다. 매일 싸움이 벌어지고 범죄가 끊이지 않는다 해도 이곳은 가난한 자들이 사는 마을.

제대로 먹지도 못하고, 먹을 만한 게 있으면 누군가에게 빼앗기고, 빼앗은 자는 결국 죽고.

강한 사람이 있을 턱이 있나.

악독하고 집요한 사람은 몰라도.

그러다 보니 모험가는 어느 순간부터 왕이라 불리게 되었다.

그리고 순식간에 어둠을 통합했다.

어둠이라기엔 너무 작긴 했지만 어쨌든 통합한 건 사실이었다.

많은 사람들이 그를 인정했다.
정보 조직 역시 나름대로의 방식으로 그를 추켜세웠다.
남자의 이름은 잭 오로스.
밤의 제왕이었다.
그런 밤의 제왕 앞에 한 남자가 나타났다.
잭은 그를 알고 있었다.
그 역시 플레이어였다. 모르는 게 더 이상하리라.
"알딘."
잭이 눈을 가늘게 뜨며 찾아온 남자의 이름을 불렀다.
알딘은 조심스럽게 검을 뽑았다.
한 줄기 빛조차 허락지 않겠다는 듯 흑검은 진득한 어둠을 뿌렸다.
"그 자리를 빼앗으러 왔다."
이곳의 왕은 순수한 힘과 실력으로 증명된다.
잭이 이빨을 드러내며 웃었다.
많은 유저들이 찾아왔다. 이 자리를 차지하기 위해 수없이 도전했다.
그들은 하나같이 잭에게 패배했다.
"재밌군!"
잭의 등에서 까마귀의 날개가 펼쳐졌다.
밤밖에 존재하지 않는 세상에서 흉포한 까마귀가 날뛰기 시작했다.

✥ ✥ ✥

 잭 오로스를 어떻게 꼬드겨야 할지 고민해 본 바 방법은 역시나 하나밖에 없었다.
 싸움을 통해 놈의 자리를 빼앗는 것이다.
 잭 역시 기존의 왕을 힘으로 찍어 눌러 그 자리에 앉았다. 그것이 '달이 멈춘 곳'의 룰이었다.
 내가 알기론 정보 조직만이 그런 룰에서 자유로웠다.
 여튼.
 콰아앙!
 수많은 깃털이 내가 서 있던 바닥에 포탄처럼 꽂혔다. 별로 크지도 않고 말 그대로 깃털이라 가벼울 텐데, 이 위력은 뭔지 모르겠다.
 잭이 하늘 높이 날아올랐다.
 항시 밤인 세상이다 보니 잭의 모습이 사라졌다.
 과연 어떻게 이곳의 왕이 됐는지 알겠다.
 "별로 어려운 상대는 아니네."
 굳이 전력을 다할 필요가 없었다.
 녀석은 나에게 제대로 된 피해조차 입힐 수 없다.
 [구원의 신격 개방]
 녹빛의 신력이 폭포수처럼 터져 나왔다.
 구경꾼들이 팔을 들어 눈을 가렸다.
 '악신의 파편'을 위로 들었다.

신력에 반응한 마검이 사악한 힘을 흩뿌리기 시작했다.
암 속성의 힘은 내게 아무런 피해조차 줄 수 없다.
[크로우 스크래치]
잭이 날개를 활짝 펼쳐 내 쪽으로 하강을 시작했다.
쇄애액- 매서운 바람 소리와 함께 거리가 빠르게 좁혀졌다.
검을 든 채 아무것도 하지 않았다.
그냥 지켜보았다. 잭이 어떻게 할지 두 눈으로 똑똑히 확인하기 위해서.
"큭?"
어느 정도 하강하자 눈에 띄게 잭의 표정이 안 좋아졌다.
한쪽 입꼬리를 올렸다.
도달한 것이다. 신력의 범위 안으로.
신격을 얻지 못한 자는 신격의 압박감을 벗어나지 못한다.
지금쯤 사지에 모래주머니를 단 기분일 것이다.
"무슨 짓을 했는지 몰라도 소용없다!"
잭이 두 발을 내게 들이밀었다.
까마귀의 다리가 이미지로 형상화되었다.
이 기회에 검과 목걸이의 힘을 모두 시험해 볼까?
아니다. 그건 나중에 천천히 확인해도 늦지 않았다. 지금은 시간이 별로 없으니 속전속결로 끝낼 뿐이다.
"고작 그게 끝이면 여기까지 하자."
검을 내리그었다.
[어둠 파먹기]

어둠밖에 존재하지 않는 세계에 그보다 더욱 진한 어둠이 하늘까지 솟구쳤다.

구경꾼 전부가 경악했다. 쩍 벌어진 입을 다물지 못한 채 눈앞에 펼쳐진 광경에 소리조차 내지 못했다.

세상의 일부분이 지워졌다.

실제로 지워진 건 아니지만 그들의 눈엔 그렇게 보였다. 나의 눈에도 크게 다르지 않았다.

'미쳤군.'

4개의 스킬 중 가장 무난해 보여 사용했다.

실제로 스킬 설명도 무난해 괜찮은 공격기 정도로 여겼다.

어둠이 입자 단위로 바스라졌다.

그곳에 걸레짝이 된 잭이 바닥으로 추락했다.

까마귀의 날개는 깃털이 다 뽑혀 뼈대만 남아 있었다.

내 승리였다.

✤ ✤ ✤

"그러니까 '둠스데이'란 곳과 전쟁을 해야 하는데, 내 힘이 필요해서 여기까지 찾아와 나를 때려눕혔다?"

잭 오로스는 어이가 없었다.

하지만 어쩌겠는가. 이미 승부는 났고, 이곳의 룰에 따라 패자는 승복할 수밖에.

"결과적으로는 그렇지."

"하! 웃긴 놈일세."

"어차피 너도 놈들한테서 벗어날 수 없어. 나를 도와라."

'둠스데이'는 이곳에까지 눈독을 들인다.

급 높은 정보 조직도 많고, 일회용으로 쓸 수 있는 범죄자들도 떼거리로 있다.

저항이 거세 결국 포기하긴 했지만 거의 궤멸적인 피해를 입었다고 알고 있다.

"싫다면?"

"뭐?"

"내가 여기 계속 속해 있을 거라면 모를까. 그냥 여길 벗어나면 룰에 따를 필요도 없고, 네 밑에 들어갈 이유는 더더욱 없지 않겠어?"

맞는 말이었다.

'달이 멈춘 곳'에 있을 때나 룰이 적용되지, 바깥으로 나가면 철저한 외부인이 된다.

그리고 잭 오로스는 플레이어였다.

여기까진 생각하지 못했다.

잭은 '달이 멈춘 곳'에서 평생을 지낸 인물이었다. 남다른 애정을 가졌을 거라 생각했다.

실제로 그랬을 것이다.

전생이었다면 말이다.

'그걸 간과했어.'

전생과 현생은 시간이 달랐다.

지금의 잭은 이곳에서 몇 달밖에 머물지 않았다. 쌓인 정이라고는 없어도 그만인 수준.

나는 짱구를 최대한 굴렸다.

처음엔 되면 좋고 아니면 말고 식이었다. 한데 잭의 비행 능력을 보니 꽤 탐이 났다.

반드시 포섭해야 한다.

잭은 여유롭게 팔짱 낀 채 나를 쳐다보았다. 이놈도 꽤나 영악한 놈이었다.

'계산에 두고 그런 말을 한 거군?'

나는 피식 웃었다.

그 웃음이 거슬리는지 잭의 눈썹이 꿈틀거렸다.

"좋아. 그럼 이렇게 하지."

이거라면 잭도 거절하지 못하리라.

나는 천천히 입을 열었다.

모든 얘기를 들은 잭의 표정이 아주 재미있게 변했다.

제66장

소환

광전사가 죽지 않아!

 가이덴은 낡은 여관에서 바깥을 내다보고 있었다.
 이곳은 마이로스 왕국과 젠트 왕국이 접경해 있는 지역에 위치한 타르비스 마을.
 불온한 움직임이 있다고 여겨지는 곳이었다.
 가이덴은 거의 일주일째 이곳에서 죽치고 있었다.
 처음 2~3일은 아무것도 발견하지 못했다. 정말 불온한 움직임이라는 게 있나 싶을 정도였다.
 문제는 4일째 되는 밤이었다.
 "오늘도 여지없이 나타났어."
 지금은 달조차 저 너머로 사라져 가는 늦은 새벽.
 그들은 그 시간에 모습을 드러냈다.
 하나같이 새까만 천을 덮고 있었는데, 머리 쪽은 뾰족하고 눈이 있는 곳만 구멍이 뚫려 있는 형태였다.

이마엔 오망성이 그려져 있었다.

총 다섯으로 그들은 은밀하게 어딘가로 향했다.

가이덴은 조용히 여관을 나섰다.

그들을 미행한 지 오늘로써 4일 차.

꽤 많은 것을 알아냈다.

5인조가 숲 깊숙한 곳으로 들어갔다.

'또 그곳이야.'

조용히, 은밀하게.

용사 클래스는 사람들 인식 속의 용사가 아니었다.

차라리 암살자라고 하는 편이 옳았다.

가이덴은 소리조차 생략한 채 나무 위로 뛰었다.

순식간에 몇 개의 가지를 뛰어넘었다.

고양이보다 날렵하고 부드러운 움직임이었다.

이윽고 5인조가 모인 곳에 도착했다.

"이제 얼마 안 남았다."

"낄낄! 드디어! 드디어라고!"

"자중해라. 아직 성공한단 보장이 없다."

"하이고! 대장, 여기까지 왔습니다. 왔다고요! 크히히!"

"으휴, 머저리."

목소리는 다양한데, 생긴 게 다 똑같아 누가 말하는지 모르겠다.

대장이라 불린 자가 모두에게 명령했다.

"대형을 갖춰라."

"크히히! 대형을 갖추라신다!"

"시끄러워. 머저리 새끼."

날카로운 여인의 목소리가 가벼운 말투의 남자를 나무랐다. 그것도 꽤 강도 높게.

"뭐라고? 이년이?"

당연히 남자는 화를 냈다.

여자가 코웃음을 쳤다.

"왜, 더 욕해 줘? 응? 이 개 같……."

"그만."

대장이 낮은 어조로 그들을 멈추었다.

남자와 여자가 혀를 찼다.

가이덴은 인상을 찌푸렸다.

그래서 누가 누군데?

목소리만 들리고 정자세로 가만히 서 있으니 구분이 안 된다.

4일 동안 내내 그랬다.

그렇다고 내려가서 '누가 누구요?' 물어볼 수도 없으니. 한숨만 나온다.

"시작하겠다."

"네."

4명이 동시에 대답하며 다섯이 함께 마력을 일으켰다. 색은 모두 칙칙한 남색이었다.

각자 서 있는 곳에 남색 점이 떠올랐다.

점들은 서로 연결하며 순식간에 오망성이 되었다.

나아가 오망성 바깥으로 둥글게 고대 문자가 떠올랐다. 그 위를 링이 한 번 묶고, 또 그 위로 알아볼 수 없는 그림들이 그려졌다.

'하루씩 늘어난다.'

첫날은 점뿐이었고, 둘째 날은 오망성이, 어제는 고대 문자까지만 그려졌다.

저들이 얼마 안 남았다고 했으니 아직 완성된 건 아닌 듯 보였다.

그렇게 잠깐의 의식이 끝났다.

다섯의 로브가 공기가 들어찬 것처럼 펑퍼짐해졌다.

오망성이 스르르 사라졌다.

"후아! 크히히!"

"경망스러운 웃음소린 대체 언제쯤 그만 들을 수 있을까."

여자가 끌끌 혀를 찼다.

"나도 하루빨리 네년을 찢어 죽여 까마귀들의 먹이로 만들어 주고 싶다고. 피히히!"

"피히히는. 병신이."

"가지."

대장은 두 사람이 싸우든 말든 무시하고 걸음을 옮겼다. 나머지 넷이 그 뒤를 오리 새끼처럼 따랐다.

잠시 후, 혼자 남은 가이덴은 밑으로 착지했다.

5인조가 오망성을 만든 곳으로 걸어갔다.

"똑같아."

여전히 아무것도 없다.

오늘도 삽을 준비해 왔다.

땅을 열심히 파기 시작했다. 뭔가 나오지 않을까 싶어 한 행동이었다.

결과적으로 아무것도 없었다.

"대체 왜 이곳을 고집하는 거지?"

더 넓고 평탄한 지형이 있을 텐데.

분명 이곳을 고집하는 이유가 있을 터다.

문제는 그 이유를 못 찾겠다는 것이다.

가이덴이 끙! 앓는 소리를 내고 있을 때였다.

『전화 바다~ 전화, 전화 바다~』

최근에 바꾼 벨 소리가 요란하게 울렸다.

발신자를 보았다.

"형님?"

알딘이었다.

잭과 얘기를 끝내고 '달이 사라진 곳'을 벗어났다.

얘기는 잘 끝났다.

내가 내놓은 제안이 그의 입맛에 딱 맞았기 때문이었다.

내가 한 제안은 이러했다.

왕의 자리를 돌려주는 조건으로 '흑룡'에 가입한다.
독립 작전권을 부여해 앞으로 있을 '둠스데이'와의 전쟁에서 자유로운 전투를 보장한다.
단, 위급한 상황 시 나의 명령에 따라 움직인다.
*'달이 사라진 곳'의 전력을 이용하는 것은 전적으로 잭 오로스의 뜻에 맡긴다.

조건을 들은 잭은 곧바로 수용했다.
나 같아도 그랬을 것이다.
독립 작전권부터가 엄청난 메리트였다. 또한 '둠스데이'의 행보 역시 그에게 위협이 되니 결과적으로 윈윈이었다.
"가이덴은 잘하고 있는지 모르겠네."
오랜만에 연락이나 좀 해 봐야겠다.
지금쯤 한창 접경 지역에서 조사를 하고 있을 것이다.
바로 전화를 걸었다.
(형님, 어쩐 일이세요?)
"잘하고 있는지 궁금해서."
(아하! 안 그래도 슬슬 연락을 드리려고 했어요.)
"알아낸 것 좀 있어?"
(네. 불길한 로브를 뒤집어쓴 5인조를 찾았는데, 꼭 숲 깊숙이 들어가 오망성을 그리더라고요.)

악마 소환사들이다.

마계와 계약한 인간들로 소환된 악마에게 정기를 빨아먹혀 죽는 어리석은 치들이었다.

가이덴이 아직 거기까지 알아내진 못했으니 입 밖으로 꺼내지 않았다.

"누가 봐도 나 의심스럽소, 하는 놈들이구나. 며칠 동안 그랬는데?"

(네? 아, 오늘로써 나흘째예요.)

나흘이라.

(그런데 형님은 이 시간까지 왜 안 주무시고.)

"지금이 몇 신데 벌써 자?"

(지금 새벽……. 아!)

뭔가 깨달았는지 가이덴은 말이 없었다.

나는 실소를 터트렸다.

살다 살다 게임 내 시차를 현실과 혼동하는 놈은 처음 봤다.

(하하…….)

"민망하긴 한가 보지?"

(…….)

"아무튼 잘하고 있어. 특이한 일이 발생하면 바로 연락 주고."

(넵.)

통화가 끝났다.

'얼마 안 남았다.'

이제 초읽기 단계에 돌입했다.

나흘째라면 내일쯤 오망성 마법진이 완성될 것이다.

그곳으로 창식이가 소환될 터였다.

'진행을 좀 해 놔야겠지.'

아직까지 여유는 조금 남아 있다.

아직 제대로 된 메인 스트림이 시작되지 않았으니 하루라도 빨리 스토리 라인을 궤도에 올려놔야 한다.

그래야 세상이 혼란스러워지고, 난잡해진 세상에서 주도권을 잡을 수 있다.

무엇보다.

나는 입꼬리를 올렸다.

"괜찮겠어."

계획은 머릿속으로 구상이 완전히 끝났다.

☦ ☦ ☦

"전조 현상이라 생각합니다."

둥근 안경을 쓴 청년이 호조에게 말했다.

맞은편에 앉은 거구의 사내가 청년의 말에 태클을 걸었다.

"섣부른 판단 아닌가?"

"아닙니다."

청년은 단호했다.

그는 준비된 서류를 넓게 펼쳤다.

그리고 하나씩 짚어 가며 설명을 시작했다.

"마이로스 왕국과 젠트 왕국이 접경해 있는 이 마을에 괴소문이 돌고 있습니다. 불온한 움직임이라 표현되며, 밤 사이에 어린아이가 실종되고 있다더군요."

"단순히 그 지역의 퀘스트일 수도 있지 않나?"

거구의 말도 일리가 있었다.

청년 역시 동의하는지 고개를 끄덕였다.

"그럴 수도 있습니다만."

완전한 동의는 아니었다.

"인근 마을에서 대규모 실종 사건이 발생했습니다. 추정 수는 대략 40여 명 정도 된다더군요."

"으음······."

"규모가 큽니다. 이곳 타르비스 마을과 합친다면 50명이 넘어갈 겁니다."

청년이 호조를 쳐다봤다.

호조는 평소와 같은 얼굴로 나른하게 앉아 있었다.

"단순 퀘스트일 리가 없습니다. 그렇다 한들 분명 메인 스트림과 연계된 퀘스트가 확실합니다."

"다른 사람들은 어떻게 생각하지?"

호조가 나머지의 의견을 물었다.

그들은 하나같이 동의하거나 명령대로 진행하겠다는 말을 던졌다. 부정하는 이는 없었다.

"저희가 선점해야 합니다. 결과적으로야 저희 '둠스데이'

가 메인 스트림의 주인공이 되어 당연히 최고가 되겠지만, 편한 길을 굳이 돌아갈 이유가 없습니다."

청년의 말은 타당했다.

호조 또한 동감하는 듯 고개를 주억였다.

"그럼 그렇게 하지. 하피스, 네가 맡아 처리하도록."

"맡겨만 주십쇼."

하피스란 남자가 눈을 찡긋했다.

호조가 인상을 구겼지만 하피스는 싱글벙글 웃을 뿐이었다.

"그보다 어떻게 되어 가고 있지?"

호조의 시선이 오른쪽을 향했다.

가장 가까운 자리에 빚어 놓은 것 같은 금발의 미남이 앉아 있었다.

아멜로스였다.

"남유럽 통일을 끝냈습니다. 북유럽 역시 '노르드 연합'의 저항이 거세지만 머지않았습니다."

"훌륭하다."

"그런데 살짝 문제가 생겼습니다."

"음?"

호조가 한쪽 눈꼬리를 올렸다.

"우리에게 대항하기 위해 누군가 여러 세력을 규합하고 있는 것 같습니다."

아멜로스는 애용하는 정보통이 있었다.

정보통이 말하길 규모가 꽤 되는 길드의 길드장들이 비밀리에 자리를 가지고 있다 했다.

심지어는 랭커들도 묘한 움직임을 보였는데, 그 움직임이 심상찮았다.

"아직 의심 단계이지만 맞다면 아주 치밀한 자입니다."

"흐음……. 네가 생각했을 때 위험도는 어느 정도 될 것 같지?"

"지금 상태라면 당연히 0입니다. 소문이 나돈다고 타격을 입기엔 '둠스데이'의 위세가 하늘에 닿아 있습니다."

아멜로스가 엷은 미소를 지었다.

여자 간부들이 괜히 볼을 붉히며 고개를 숙였다.

그 정도 미모였다.

남자 간부들은 괜히 혀를 찼다.

호조만이 무표정한 얼굴로 턱을 괴었다.

"그렇다 해도 위험 인자를 놔둘 수는 없겠지."

그의 눈이 차갑게 가라앉았다.

"소문의 진원지를 찾아 없애라. 전력을 다해서."

"명 받들겠습니다."

아멜로스가 가볍게 고개를 숙였다.

호조가 자리에서 일어났다.

"오늘은 이만 해산한다."

그러곤 바깥으로 나갔다.

남자 간부들은 아멜로스에게 눈총을 쏴 주고 회의실을

나갔다.

여자 간부들은 그에게 한마디씩 던졌는데, 대부분이 유혹이었다.

아멜로스는 웃는 상으로 그저 앉아 있을 뿐이었다.

그렇게 모두가 나가고 혼자 남게 되었을 때,

"흐음……."

미소가 사라졌다.

무표정해진 얼굴은 웬지 모르게 섬뜩했다.

그는 혀로 입술을 살짝 훑었다.

"알딘이라."

호조에게 모든 걸 얘기하지 않았다.

아직까지는 소문의 단계라고만 말해 주었다.

사실 소문이 아닌데도 말이다.

"또 그자란 말이지."

알딘.

오로지 개인의 힘으로 최정상의 자리까지 올라간 유저.

제로스조차 '둠스데이'의 배후 조직의 힘을 빌려 랭킹 1위 자리를 유지하고 있었다.

물론 완전히 조직 때문만은 아니었다. 그의 재능이 엄청났고, 그만한 노력이 동반됐다. 그걸 부정할 생각은 없었다.

단지 알딘은 그런 것조차 없이 혼자서 말도 안 되는 업적을 이룩했다. 만약 조직의 힘이 없었다면 현 1위는 알딘이었을 것이다.

아멜로스는 장담할 수 있었다.

그런 그가 이번엔 '둠스데이'를 노렸다. 사냥 직전의 맹수가 수풀에 숨어 있듯 물밑에서 인재를 모으고 있었다.

"너무 재밌을 것 같아."

아멜로스가 알딘의 뒷조사를 시작한 건 꽤 오래되었다. 첫 번째 메인 스트림을 그가 독식했을 때부터였던가?

"후우……."

순간 아멜로스의 눈이 가늘게 휘었다.

다른 사람이 된 것처럼 노골적으로 변했다.

그는 팬이었다. 알딘 앞에 나타난 적은 없지만 누구보다 알딘을 잘 아는 존재였다.

매일 그를 생각하고, 그가 뭘 하고 있을지 떠올렸다. 기사가 나면 따로 스크랩을 했고, 공개된 영상은 녹화해 외장 하드에 저장해 두었다.

이건 일종의 사랑이었다.

비록 성별이 같지만 아멜로스는 알딘이라면 상관없다 여겼다.

아멜로스가 입술과 그 주변을 손으로 쓸었다.

"하아, 알딘."

두 손을 앞으로 모아 손가락을 구부렸다.

"반드시 이 손으로……."

붉어진 입꼬리가 시위처럼 당겨졌다.

"죽여 줄게."

일그러진 팬심과 사랑이-

알딘의 죽음을 원했다.

✠ ✠ ✠

저 멀리 타르비스 마을이 보였다.

두 나라의 접경지에 있는 이 마을은 마이로스 왕국에 걸쳐 있었다.

매해 젠트 왕국에선 100가구 정도밖에 안 되는 작은 마을을 점령하기 위해 꾸준히 병력을 보내왔다.

때문에 마을 규모에 어울리지 않는 돌벽이 높게 둘러져 있었다.

"가이덴 녀석, 깜짝 놀라겠군."

가이덴에겐 말하지 않고 왔다.

일종의 감찰이라 할 수 있었다.

말로만 잘하고 있는 것일 수도 있다. 그러진 않을 거라 생각하지만, 사람이란 게 또 모른다.

더군다나 신용을 잃은 녀석이라면야 말할 것도 없었다.

바로 마을에 진입했다.

대낮의 마을은 매우 조용했다. 주민들의 얼굴은 그리 밝지 않았고, 입을 꾹 다문 채 할 일에만 몰두했다.

주변엔 병사들이 와자지껄 떠들고 다닌다.

모두 병사들로 인해 조성된 환경이었다.

'딱히 전략적 요충지가 아닌데도 접경지에 있는 것만으로 주민들의 피해가 커.'

고작해야 반경 2킬로미터밖에 안 되는 작은 마을이다. 이런 작은 땅을 차지하겠다고 두 나라는 정말 피 말리게 싸워 댔다.

죽어 나가는 건 주민뿐이었다.

나이가 차면 강제 징집되어 전장으로 나가고, 노인과 여자, 아이들은 전장의 등쌀에 고통만 받았다.

밖으로는 적습에, 안으로는 스트레스 쌓인 아군 병사들의 화풀이에.

그러니 다들 저런 얼굴일 수밖에.

'생각해 보면 참 간도 크단 말이지.'

불온한 움직임도 하필 이런 곳이라니.

생각의 전환을 하면 오히려 이런 곳이기에 더 그럴 수도 있겠다.

등잔 밑이 어둡다고. 병사가 몰린 곳일수록 뭔가를 하기에 좋을지도 몰랐다.

가이덴이 머물고 있는 여관으로 향했다.

내가 오는지 모르고 있으니 퍼질러 자고 있을 것이다. 아니면 로그아웃을 했거나.

"여기 가이덴이란 숙박객이 머물고 있죠?"

"예?"

주인장이 의심의 눈초리를 보낸다.

"아, 얘기 못 들으셨구나. 오늘부터 같이 머물기로 했는데.

얘기해 놓겠다고 했는데, 이 녀석 까먹었나 봐요."
"아아."
주인장은 별 의심 없이 내게 방 열쇠를 건네주었다.
구색 맞추기용 NPC들은 대개 이러했다.
열쇠엔 202란 숫자가 적혀 있었다.
2층으로 올라갔다.
방 하나를 제외하고 모든 문이 열려 있었다.
하긴 이런 마을에 누가 와서 투숙을 하겠는가?
이 역시 구색 맞추기용 여관이었다.
잠겨 있는 문에 열쇠를 꽂았다.
철컥! 잠금장치가 열렸다.
"드르렁~ 쿨쿨……. 드르렁~ 쿨쿨……."
평범하게 코를 골면서 자고 있다.
이놈은 편한 집 놔두고 왜 게임에서 수면을 취하는지 모르겠다. 어느 정도 피로가 회복된다곤 하지만 쾌적함은 현실이 압도적으로 높았다.
"얌마!"
찰싹!
이마를 찰지게 때렸다.
가이덴이 경기를 일으키며 물 밖으로 나온 잉어처럼 몸을 튕겼다.
"으어어!"
그러면서 침대 밖으로 굴러떨어졌다.

나는 한심한 눈초리로 혀를 찼다.
"무, 무어야!"
"뭐기는, 인마."
뒤통수라도 한 대 더 때려 줄까 하다가 관두었다.
가이덴은 어리바리한 얼굴로 벽을 바라보다가 고개를 뒤로 돌렸다.
나와 눈이 마주쳤다.
그는 인상을 살짝 찌푸리며 눈을 비볐다. 고개도 한 번 털어 주고, 뺨을 찰싹찰싹 때렸다.
그리고 다시 나를 보았다.
"…꿈이 왜 이렇게 현실적이지?"
"꿈 같은 소리 하고 있네. 그만 정신 차려."
"혀, 형님이 여긴 웬일이십니까? 여긴 또 어찌 아시고."
가이덴이 얼굴을 문지르며 일어났다.
아직 잠에서 덜 깼는지 몽롱한 게 눈에 보였다.
"이렇게 퍼질러 잘 시간이 있냐?"
"하하……. 밤을 샜더니 피곤해서……."
"에휴……. 그럼 로그아웃을 하든지. 왜 여기서 자고 있는 거야?"
"귀찮잖아요."
살다 살다 귀찮아서 로그아웃 안 하는 사람은 또 처음 봤다. 무슨 PC 게임도 아니고.
어이가 없어 웃자 가이덴도 어색하게 따라 웃었다.

"새벽 이후로 별일 없었어?"
"아, 넵. 별다른 게 발견된 건 없었어요."
"걔넨 따라가 봤어?"
"예?"
"뭐가 예야? 따라가 봤냐고."
가이덴이 고개를 갸웃거렸다.
"걔넬 따라가야 하나요?"
"……."
"전 그냥 마법진이 그려진 곳에 뭐 있나 하고 땅을 좀 파 봤는데."
"4일 내내?"
"네."
와, 이 녀석 정말 대단하다.
5인조의 뒤를 들키지 않고 따라붙을 정도라면 계속해서 뒤를 밟았어야 정상이다.
한데 마법진을 그리는 곳까지만 가고 뒤를 쫓진 않았단다. 심지어 하루 이틀도 아니고 4일 내내 말이다.
말문이 막혔다.
버퍼로선 상당히 뛰어나 유능한 플레이어라고 여겼는데. 이런 부분에서 하자가 있었을 줄이야.
이 녀석을 대체 어떻게 해야 할까?
'참자. 단순히 거기까지 생각이 못 미쳤을 수도 있잖아.'
너무 내 기준에서만 생각하는 것일 수도 있다.

더 이상 뭐라 하지 말자. 악마 소환사들이 일을 꾸미는 곳을 알아낸 것만 해도 어디인가.

내 표정이 살짝 안 좋자 가이덴이 멋쩍은 얼굴을 했다.

"뒤, 뒤따라가 볼 걸 그랬네요."

뒤늦게 이해한 척 첨언을 붙인다.

나는 코웃음을 치며 녀석의 팔뚝을 쳤다.

"됐어. 놈들이 일을 꾸미는 곳을 알아낸 것만으로도 할 일은 다 한 거야."

"이제 어떻게 할까요?"

"퀘스트는 바뀐 게 없어?"

"네. 아직까진요."

조사가 완벽하게 끝나지 않았다는 것이다.

전생에 용사가 어떻게 했었는지 알지 못했다.

일단은 조금 더 그자들을 지켜봐야 할 것 같다.

"새벽에 같이 가자."

"네."

"내가 있을 테니까 넌 좀 쉬다 와. 귀찮다고 여기서 늘어지지 말고."

"하하……. 나중에 뵐게요."

"늦지 않게 와라."

고개를 꾸벅 숙인 가이덴이 게임을 종료했다.

✟ ✟ ✟

새벽이 되었다.

몇 시간 전에 접속한 가이덴과 함께 5인조의 뒤를 밟았다.

용사가 된 가이덴의 움직임은 내가 봐도 여타 암살자보다 은밀했다.

설정상 용사는 용사가 되기 이전에 암살자였다. 그렇다 보니 스킬의 절반 이상이 은밀함과 관련되어 있었다.

"저곳이에요."

조용히 나무를 타고 그곳에 도착했다.

다섯 악마 소환사는 오망성을 그리고 있었다.

오망성 바깥으로 고대 문자가 새겨지고, 그 위로 원이 둘러져 그림이 그려진다.

거기서 끝이 아닌지 그림 바깥으로 원이 한 번 더 그려졌다.

'본 적 있는 마법진이다.'

저 마법진이었구나.

전생에 여러 번 본 악마 소환진으로, 수많은 악마들이 저곳에서부터 쏟아져 나왔다.

'음……. 딱 알맞은 소환진이긴 하네.'

이 무렵에 저곳에서 소환된 악마는 분명 위협적이었다. 하지만 나중 가선 흔해 빠진 수준의 악마였다.

저곳을 통해서 창식이가 소환된다.

「창식아.」

창식이에게 채팅을 보냈다. 통화는 들킬 우려가 있기 때문이었다.

「타가스기:네?」

「너 소환 예정일이 언제였지?」

「타가스기:음……. 내일이었나. 한번 마왕님한테 물어볼게요.」

무슨 부모님한테 물어보는 것도 아니고.

나는 실소를 흘리며 알겠다고 답장을 보냈다.

잠시 후,

「타가스기:와, 오늘이래요.」

"……."

얘도 참 대단한 놈이다.

아무튼 오늘 소환된다는 건 저들이 연성 중인 마법진도 오늘로써 완성된다는 얘기다.

"형님."

옆에서 가이덴이 작게 속삭여 왔다.

왜 그러냐고 물으니,

"오늘은 뭔가 다른데요?"

뭐가 다르냐고 물었다.

"원래 저렇게 오래 유지하지 않아요. 바로 없애고 자리를 뜨던데……."

관찰은 열심히 한 모양이었다.

괜히 기특했다.

「타가스기:형, 저 슬슬 소환될 것 같다네요. 그런데 왜요?」

「일단 와.」

「타가스기:네?」

「오면 알아.」

「타가스기:아아, 넵.」

이곳에 소환된 악마는 마왕의 명령으로 수많은 인간을 죽여야 한다.

창식이 역시 마찬가지일 것이다.

일단 녀석이 그런 짓을 못하게 해야 한다.

그렇다면 설득을 해야 하는데, 어느 정도 생각은 해 두었다. 계획대로 될지는 모르겠지만, 좋은 신호탄이 되리라 생각한다.

"뭔가 시작됐어요."

가이덴이 내 팔을 잡아끌며 마법진을 가리켰다.

악마 소환사들이 양팔을 높이 들고 알 수 없는 주문을 외기 시작했다.

오망성이 검붉은 빛을 내뿜었다.

고오오!

섬뜩한 마기가 오망성에서 흘러나오기 시작했다. 공기가 무거워지며, 주변의 생물이 썩어 문드러졌다.

"크히히! 온다, 와!"

"집중해, 이 머저리야!"

"시끄러! 가뜩이나 기분 좋은데 초 치지 말라고, 얼간이 녀석아."

"지랄하고 있네."

두 남녀가 투닥였다.

세 사람은 그들을 무시하고 소환에 집중했다.

번쩍! 밝지 않음에도 두 눈이 멀 것만 같은 빛이 숲 내부에서 휘몰아쳤다.

광안을 떴다.

검은빛의 기둥이 하늘까지 솟구쳤다.

동식물이 평등하게 시간을 잃어 퇴화했다.

쿠우우!

오망성을 중심으로 먼지 폭풍이 요란하게 일어나 숲 전체로 퍼져 나갔다.

콜록콜록! 가이덴이 입을 틀어막고 기침을 했다.

마력의 흐름이 오망성을 중심으로 휘몰아친다.

둥글게 감싼 5개의 마력은 빠르게 줄어들고 있었다.

"끄어억······."

"어, 어째서······."

"우리, 우리의 주인! 주인이시여!"

"버리시나이까!"

"커허어어어!"

악마 소환사들이 저마다 비명을 내질렀다.

오망성의 소환진은 시전자의 생명을 빨아들여 악마를 현계에 강림시키는 수법이다.

연기가 걷혔다.

악마 소환사들의 변화는 겉으로 티 나지 않았다. 전신을 가리는 로브를 둘렀기 때문이다. 하지만 저 안은 이미 모든 살을 잃고 뼈만 남은 시체가 존재할 것이다.

"후아……."

오망성 위에 선 존재가 숨을 토해 냈다.

검보랏빛 마기를 두른 그는 적청의 눈을 번쩍 떴다.

그가 입을 열었다.

"형한테 연락해야겠다."

창식이가 순진무구한 얼굴로 친구창을 열었다.

✟ ✟ ✟

나무 위에서 뛰어내렸다.

생기를 잃은 굵은 나뭇가지는 퍼서석 무너져 내렸다.

가이덴이 위에서 '형님! 위험해요!'라고 외쳤지만 깔끔하게 무시했다.

창식이가 부스럭 소리에 고개를 돌렸다.

"아! 알딘 형!"

"그래."

창식이가 밝은 얼굴로 손을 흔들었다.

위에 있던 가이덴의 표정이 제법 봐줄 만했다.

"어쩐지 왜 채팅을 하시나 했더니. 미리 와서 기다리고 계셨군요."

"그런 참이지."

"그런데 어떻게 아시고?"

"다 방법이 있지."

그러면서 내가 있던 나무 옆을 가리키자 가이덴이 멋쩍은 얼굴로 내려왔다.

창식이가 그를 한참 보더니 눈을 휘둥그레 뜨며 손가락을 치켜들었다.

"어어?"

"으음……."

가이덴도 마찬가지였다.

거리가 가까워지자 가이덴이 인상을 살짝 찌푸렸다.

두 사람은 본능적으로 알아본 것이다.

용사와 마왕. 아직 둘 다 한참 모자라지만 언젠가는 적이 되어 칼끝을 겨눠야 하는 대적 관계였다.

창식이가 눈살을 찌푸리며 대검을 소환했다.

이전보다 화려해진 대검은 넘실거리는 마기를 숨기지 않았다.

가이덴 역시 용사의 검을 움켜쥐었다.

용사만이 지닌 용기의 힘이 검극에 맺혔다.

하지만 누가 봐도 차이는 명백했다.

'레벨 차이가 너무 커.'

이쯤에서 분위기를 풀어야 한다.

"다들 그만."

"형!"

"형님!"
두 사람이 동시에 나를 불렀다.
창식이가 으르렁거리며 내게 물었다.
"이 사람, 용사잖아요."
"이 사람, 마족 아닙니까?"
"맞아. 맞으니까 무기 내려. 어차피 넌 상대도 안 될 테고."
"끄윽……."
레벨이 초기화됐어도 높은 레벨까지 갔던 가이덴이었다. 창식이의 힘이 어느 정도인지 굳이 겪지 않아도 자신보다 위라는 걸 알고 있었다.

그건 창식이 또한 마찬가지였다.

그는 코웃음을 치며 대검을 역소환시켰다.

"지금은 한배를 탔으니까 싸우지 마라."
"한배라뇨? 저런 용사 따위와……!"
"과몰입하지 마, 창식아. 여긴 게임 세상이지, 현실이 아니니까."
"끄응……."
"너도 마찬가지야."
떨떠름해 보였지만 가이덴은 알겠다고 대답했다.
"일단 창식이."
"네?"
"네가 부여받은 퀘스트가 뭔지 말해 봐."
"단순해요. 100명의 사람을 죽여서 영혼을 흡수하래요."

"아무리 게임이라지만!"

가이덴이 이마에 핏줄을 돋우며 소리쳤다.

손을 뻗어 제지했다.

"그 사람이라는 게 꼭 NPC일 필요는?"

"없어요."

"형님! 하지만……."

다시 손을 들어 제지했다.

창식이가 받은 퀘스트는 일반 유저들과 확실히 적대 관계가 될 수밖에 없는 내용이다.

하지만 그걸 어찌 이용하느냐에 따라 또 다르다.

예를 들어,

"스타트는 너다, 창식아."

"…오늘 바로 시작하는 거예요?"

"그래."

창식이의 입장상 어떻게든 퀘스트는 클리어해야 한다. 그런데 꼭 인근 주민들을 습격할 필요가 있을까?

퀘스트엔 사람이면 된다고 명시되어 있다.

그 말인즉 플레이어도 그 대상이 될 수 있었다.

그리고 창식이는 내 휘하의 길드원이었고, '흑룡'은 단 하나의 적을 멸하기 위해 창설되었다.

"신나게 날뛰어 봐."

내가 웃으며 말하자,

"흐하하! 재밌겠네요!"

창식이가 웃으며 호응했다.
오로지 한 사람.
가이덴만이 우리의 대화를 이해하지 못한 채 고개만 갸웃거렸다.

광전사가 죽지 않아!

'둠스데이'의 푸른 늑대, 하피스가 부하를 이끌고 타르비스 마을에 도착했다.

그는 갈기 같은 야성적인 푸른 머리칼을 뒤로 쓸어 넘겼다. 시원한 이목구비는 절로 여성들의 시선을 이끌 만했지만 아쉽게도 이곳엔 사람이 없었다.

"마을 주민이나 병사들한테 요즘 마을에 흉흉한 소문 뭐 도는 거 없나 좀 알아 와."

"알겠습니다. 다들 흩어져서 수소문해 봐."

하피스의 보좌관, 졸로가 휘하 길드원들에게 명령했다.

길드원들이 빠르게 흩어졌다.

졸로 역시 묵례만 하고 수소문을 위해 자리를 떴다.

홀로 남은 하피스는 마을을 조금 둘러보기로 했다.

"주민보다 병사가 더 많다더니."

희한한 마을이었다.

두 왕국이 이 작은 마을을 먹기 위해 매일같이 싸운다는 얘기는 사전에 들었다.

막상 와 보니 더욱 실감되었다.

심지어 주민들은 주눅 들어 보였다. 낄낄거리는 병사들의 눈치를 살피는 것만 봐도 얼마나 억압받는지 알 수 있었다.

물론 알 바는 아니었다. NPC들이 어떻게 사는지 알 게 뭐란 말인가?

"어디 쉴 만한 곳이 없나 모르겠네."

누추하기 짝이 없는 마을이다.

여관은커녕 괜찮아 보이는 식당도 없었다.

길드장에겐 웃으며 알겠다고 했지만 나름 귀하게 자란 그는 이런 곳이 지독히도 싫었다.

격이 안 맞는달까?

"빨리 끝났으면 좋겠군."

할 게 얼마나 많은데.

당장 북유럽 길드 연합과의 전쟁도 끝나지 않았다.

새로 온 녀석, 아멜로스 때문에 뒷전으로 밀리긴 했지만 나름 괜찮은 활약을 이어 가고 있었다.

실수를 하기 전까지는.

'그 새끼가 찌른 게 분명해.'

하피스는 얼굴을 문질렀다.

아멜로스, 그 자식이 자신이 뒤에서 조금 해 먹은 걸 길드장에게 찌른 게 분명했다.

시기가 너무 적절했다.

'내 자리를 뺏은 것도 모자라 날 내쫓기까지……. 그 자식, 절대 용서 안 한다.'

찔렀든 안 찔렀든 이미 하피스에겐 아멜로스가 나쁜 놈이었다.

하피스는 한숨을 내쉬며 돌아다닌 끝에 발견한 작은 음식점에 들어갔다.

"어서 오세요."

늙은 주인장의 목소리가 그를 반겼다.

퍼석한 모래 같은 음성이었다.

하피스는 인상을 구기며 창가 자리에 앉았다.

주인장이 왼 다리를 절뚝이며 메뉴판을 건넸다.

"쯧!"

메뉴판을 빼앗듯이 가져왔다.

목록엔 몇 가지 메뉴가 없었다.

당기는 메뉴 역시 없었다.

하지만 갈 곳이 없어 이곳에서 시간을 때워야 하기에 어쩔 수 없이 주문했다.

주문을 받은 주인장이 주방으로 향했다.

"낡아 빠졌군. 맛도 없겠지. 짜증 나, 짜증 나."

아직 음식을 먹지도 않았는데 벌써부터 불평불만을 한다.

그러다 구석진 자리에 3명의 로브인이 앉아 있는 걸 발견했다. 얼굴이 보이지 않는 수준으로 후드를 꾹 뒤집어쓴 모습이 '나 의심스럽소~' 알리는 꼴이었다.

보아하니 유저 같은데, 이곳에 왜 왔을까?

인성이 덜 된 것과 별개로 하피스는 생각보다 눈치가 빨랐다.

로브인들은 고개를 숙인 채 식사하는 데 몰두하고 있었다. 한데 그가 보기엔 자신과 최대한 눈이 마주치지 않으려는 것처럼 보인다.

"저기요?"

하피스가 그들을 불렀다.

가외에 앉은 로브인이 움직이던 수저를 멈추고 슬쩍 고개를 돌렸다.

그림자 져 얼굴의 윤곽만 떠오른다.

"혹시 모험가들이신가?"

하피스가 등받이에 팔을 건 채 껄렁하게 물었다.

"맞습니다만."

꽤나 낮은 목소리 톤이었는데, 어디선가 들어 본 적 있는 것 같았다.

"아하, 그런데 왜 그렇게 후드를 푹 눌러쓰고 계세요? 이런 외진 마을에서 만난 것도 인연인데, 동석해도 될까요?"

입은 부탁을 하고 있지만 하피스는 반쯤 자리에서 일어나 있었다.

"죄송합니다. 따로 대화할 만한 시간은 없어요."

"에이, 짧게라도 말동무 좀 해 주세요."
능글맞게 그쪽으로 다가가는 하피스.
로브인이 한숨을 내쉬었다.
얼굴은 보이지 않으나 소리는 노골적이었다.
하피스의 안색이 굳었다.
그의 입술이 위로 비틀려 올라갔다.
"하하! 한숨이라……. 거 좀 너무하시네."
끼리릭- 의자를 바닥에 끌어 로브인 옆에 던지듯 놓았다.
사자 갈기 같은 푸른 머리를 한 번 더 쓸어 넘겼다.
"수다나 좀 떨자는 게 뭐가 어……."
"그냥 죽여."
"네, 형."
촤라락!
새까만 마기가 맞은편 로브인의 등에서 날개처럼 펼쳐졌다.
하피스의 눈이 휘둥그레졌다.
그는 의자를 뒤로 튕겨 내며 바로 무기를 뽑아 들었다.
삼절곤이었다.
사슬로 연결된 삼절곤이 서로 이어지며 기다란 봉이 되었다.
"하하! 뭔가 좀 이상하다 했더니, 역시 뭔가 있는 놈들이구나!"
"하피스."
형이라 불린 로브인이 그의 이름을 불렀다.
하피스는 놀랄 노 자였다.

얼굴이 조금 팔렸다지만 사람들이 알아볼 정도는 아니었다.

"날 알아?"

"운명의 장난인지, 아니면 신이 내게 기회를 준 것인지."

로브인이 자리에서 일어났다.

후드 속 얼굴은 아직도 드러나지 않았다.

그저 입술만이 빙그레 웃고 있을 뿐이다.

"뭔지 모르겠지만 반쯤 죽여 주고 얘기를 들어 봐야겠네. 안 그래? 크하하!"

하피스는 상당한 전투광이었다.

그는 다른 길드와 달리 스스로 길드를 갖다 바친 인물이었다.

이유는 단순했다. 많이 싸울 수 있으니까. '둠스데이'의 행보는 그의 가슴에 불을 지폈다.

"일단 한 놈부터 죽여 놓고 시작할까?"

봉이 허공에서 휜다.

뱀처럼 유연하게 출렁이더니 빠른 속도로 상하좌우 가리지 않고 흔들리기 시작했다.

수많은 잔상이 만들어졌다.

로브 안쪽에서 적색의 안광이 번뜩였다.

마기가 폭발한다.

[스피릿 오브 데몬]

허공에 솟구친 거대한 대검이 휘몰아쳐 오는 봉과 충돌

했다.

콰아앙!

거센 충격파가 식당을 뒤집어엎었다.

늙은 주인장은 날벼락 같은 상황에 바닥에 웅크려 몸을 숨겼다.

하피스는 상당히 놀랐다.

방금 공격은 상위권 유저라도 쉽게 막을 수 없었다. 한데 저 로브인은 공격을 상쇄시킨 것도 모자라 역으로 그를 위협했다.

'랭커인가?'

그렇다면 일이 살짝 꼬인다.

창을 깨고 밖으로 튀어 나갔다.

마기를 흩뿌리는 로브인이 그 뒤를 쫓았다.

"선빵 제대로 치고 와."

죽이라 시킨 로브인이 다시 수저를 들었다.

"당연하죠."

마기가 소름 끼치는 바람 소리를 냈다.

콰가강!

흙바닥에 사정없이 내리꽂히는 마기는 하나하나가 위협적이었다.

"쳇!"

일이 잘못됐다는 걸 깨달은 하피스가 큰 소리로 부하들을 불렀다.

"모두 이리 집합!"

얼마나 쩌렁쩌렁한지, 아무리 작은 마을이라지만 전역에 울려 퍼졌다.

로브인이 로브를 펄럭이며 부드럽게 착지했다.

하피스가 물었다.

"넌 대체 누구지?"

하피스는 마기를 몰랐다. 그러니 로브인의 마기가 신기하게만 느껴졌다.

"그런 힘을 다루는 유저라면 싫어도 대중에게 알려졌을 텐데?"

"몰라도 돼."

"훙! 싫어도 말하게 될 거다!"

봉이 세 갈래로 갈라지며 다시 삼절곤이 되었다.

강기를 머금은 삼절곤을 고속으로 회전시켰다.

삼절곤은 쓰기 힘들지만 잘만 다룬다면 굉장히 까다로운 무기였다.

로브인이 피식 웃었다.

"이런 게 적이라면 조금 실망스러울 것 같네요, 형."

"뭐?"

"너한테 한 말 아니야."

등 뒤에서 마기가 입자 단위로 분사되었다.
마치 나비의 날개를 보는 것 같았다.
로브인이 대검을 겨누었다.
연기 같은 마기가 칼날을 타고 피어올랐다.
"1분. 딱 1분 안에 완전히 요리해 줄게."
"건방진 새끼가!"
참지 못한 하피스가 먼저 돌진했다.
쉬리릭- 삼절곤이 바람을 가르며 로브인에게 쏘아졌다.
미약한 바람이 불어 후드가 살짝 들렸다.
적청의 오드아이가 하피스를 꿰뚫어 보듯 직시했다.
하피스는 왠지 심장이 멎는 것 같았다.
'어라?'
하늘과 땅이 뒤집어진다.
이유는 알 수 없었다.
로브인, 창식이가 입을 열었다.
"1분도 길었네. '둠스데이'의 개새끼."
"이 새끼……."
하피스는 바닥에 엎어진 채 제대로 일어나지 못하고 있었다. 마치 중심을 못 잡는 사람처럼 비틀거리며 자꾸 옆으로 넘어졌다.
창식이가 그 모습을 보며 비웃었다.
"크크큭!"
창식이의 머리 위에 거대한 해골이 하나 떠 있었다.

이마에 오망성이 그려진 그것은 불길하게 타올랐다.

[균형 먹는 악마의 그림자]

칠흑의 마왕이 내려 준 스킬로 대상의 균형을 단숨에 무너트리는 막강한 정신 계열의 스킬이었다.

시전자보다 강한 대상에겐 취약하지만 약한 대상에겐 한없이 절대적이었다.

"젠장……. 내 몸이 왜……!"

"너부터 시작이야."

하피스가 힘겹게 고개를 들었다.

균형을 잃은 그는 눈앞의 적의 모습조차 제대로 파악할 수 없었다.

마약을 미친 듯이 퍼먹은 느낌이랄까?

실제로 먹어 본 적은 없지만 주변 말에 따르면 이런 현상과 굉장히 흡사했다.

"꼴이 추하군."

그때 식당 쪽에서 짧게 대화를 나누었던 로브인의 목소리가 들렸다.

동시에,

"하피스 님!"

근처에 있던 길드원들이 외침을 듣고 몰려왔다.

그러나 하피스는 웃을 수 없었다.

자신조차 어렵지 않게 이런 꼴로 만든 적이었다. 나머지 2명이 이와 같은 수준이라면 부하들이 몇 명이 몰려와도 몰살 플랜이다.

"너흰, 너희는 누구야!"

바닥을 기면서도 목소리는 힘을 잃지 않았다.

그 모습이 갖잖았다.

알딘이 고갯짓하자 창식이가 알아들었는지 손가락을 튕겼다.

거대한 해골이 먼지가 되어 사라졌다.

"허억! 허억……."

하피스가 거친 숨을 몰아쉬었다.

정수리에서부터 시작된 땀이 턱 끝에 맺혀 바닥을 한껏 적셨다.

균형이 돌아왔다.

힘겹게 자리에서 일어났다.

"네놈들… 이러고도 무사할 것 같아?"

"무사하지 않아도 상관없어."

"뭐?"

알딘이 한 걸음 내디뎠다.

후드를 뒤로 넘기자 새빨간 머리카락이 드러났다.

하피스의 동공이 심각하게 떨려 왔다.

"너, 너, 너, 너……!"

"왜 운이 좋다고 한 줄 알아?"

"어떻게……. 어떻게 이곳에 네가?"

"가뜩이나 네놈들을 잡아 죽일 필요가 있었는데, 코앞까지 대령했기 때문이야."
"무슨 개소리를!"
"창식아."
"네, 형."
 창식이가 대검을 양손으로 쥐자 마기가 검극에 맺혀 불길한 기운을 휘날렸다.
"한 놈도 남기지 말고 모조리 쓸어버려라."
"안 그래도."
 끈적한 검은 연기가 바닥으로 넓게 흘러나갔다.
 연기는 '둠스데이' 길드원들의 발목까지 잠겼다.
 몇몇 길드원들이 연기를 피해 건물 위로 올라가려고 했지만,
"이미 늦었어."
 점성이 있는 듯 끈적한 연기가 그들의 발목을 물고 늘어졌다.
 삐이이!
 멀리서 요란한 호각 소리가 들렸다.
 마을에 주둔하고 있던 병사들이 나타난 것이다.
 소리가 크게 울리는 걸 보면 아직까진 시간이 있다.
"이것이 마왕의 권능이다."
 창식이가 손으로 땅을 짚는 순간,
 [헬즈 홀(Hells Hall)]
"끄아악!"
"모, 몸이!"
"무슨! 이게 무슨 일이야!"

길드원들이 연기에 빨려 들어가기 시작했다.
하피스도 예외는 아니었다.
"이, 이게 무슨 말도 안 되는!"
믿을 수 없는 현상이었다.
시선을 창식에게 옮겼다.
피부가 전부 보라색으로 변했다.
눈의 흰자는 새까매졌고, 적청의 눈은 위치가 바뀌어 있었다. 무엇보다 미소로 인해 드러난 이빨은 상어의 그것처럼 뾰족했다.
[딜리트(Delete)]
후우욱!
모든 적들을 빨아들인 검은 연기가 한 점으로 응축되었다.
그리고 거짓말처럼 사라졌다.
'음…….'
그걸 본 알딘은 생각했다.
'존나 세네…….'
마왕의 권능을 일부 빌려 온 창식이는 진짜 엄청 강했다.
잠시 동안은 괜히 화를 돋우지 말아야지.
알딘은 그리 다짐했다.

가이덴이 충격받은 목소리로 뒤에서 중얼거린다.

"허……. 저게 무슨 공격이야……."

나름 상위권까지 도달했었기에 방금 창식이가 보여 준 힘이 얼마나 얼토당토않은지 잘 알고 있었다.

나 역시 그 힘에 질려 버렸다.

마왕이 권능을 빌려줬다지만 상식을 벗어나는 힘이었다.

저 정도의 능력을 선보이려면 못해도 3차 전직은 되어야 한다.

'한편으론 다행이야.'

저만한 힘이라면 선빵을 좀 더 확실하게 칠 수 있다.

그나저나 '둠스데이'가 이곳을 어떻게 알고 왔을까?

나중이라면 모를까, 지금은 '용사' 클래스 말고는 알 방법이 없었다.

'개변된 미래인 건가.'

그렇게밖에 생각할 수 없다.

어차피 벌어진 일. 굳이 알 수도 없는 인과관계는 신경 쓰지 말자.

창식이에게 다가갔다.

'마족화'가 된 창식이는 잔뜩 흥분했는지 새하얀 입김을 내뿜고 있었다.

"창식아."

세로로 길게 찢어진 눈이 내게 고정되었다.

꿀꺽! 목을 타고 침이 넘어갔다.

보라색 피부에 상어와 같은 이빨, 검게 물든 흰자위는 제법 공포스러운 분위기를 연출했다.

"후아……."

창식이가 가볍게 숨을 토했다.

스르르- 피부가 원상태로 돌아오고, 이빨이 다시 뭉툭해졌다.

눈 역시 마찬가지였다.

터질 것 같던 마기가 한순간에 사그라졌다.

"부르셨어요?"

사나운 분위기가 거짓말처럼 사라졌다. 덕분에 한숨 돌렸다.

'싸움 걸면 어쩌나 했는데.'

그랬다면 꽁지 빠져라 튀어야 했을 것이다.

"몇이나 처리했어?"

"잠시만요."

퀘스트창을 열었는지 허공을 응시하던 창식이가 입을 열었다.

"17명이네요. 83명 더 죽여야 해요."

"충분해. 바로 이동하자."

사전에 지역 제한이 없는 걸 확인했다.

우리의 목적지는 '발패'.

현재 '둠스데이'와 북유럽 길드 연합이 한창 전쟁을 벌이고 있는 산맥 지형이었다.

"그런데 100명을 다 채우면 강제 소환돼요. 괜찮을까요?"

"문제없어."

100명만으로 충분하다.

그리고 딱 100명으로 끝낼 생각이 없었다.

띠링-

허공에 누군가의 메시지가 도착했다. 타이밍 좋게 연락이 왔다.

「메제스:우리는 출격 준비를 끝냈다.」

현재 '울트론'과 '블랙 나이프'가 '발패'로 향할 준비를 끝마쳤다.

스네이크의 '성송'은 '둠스데이'에게 당한 피해를 복구하지 못해 함께하지 못했다.

그자는… 아직까지 결정을 내리지 못했다.

'빨리 내려 줘야 할 텐데.'

그자와 그자의 길드가 '흑룡'에 합류만 한다면 전력이 최소 2배 이상 상승한다.

그 정도로 강력한 곳이었다.

"출진해. 병력 운용은 알아서 하고. 아주 재밌는 난전이 될 거다."

메제스에게 그리 답장을 보냈다.

'블랙 나이프'의 하폰에게도 그가 전달해 줄 것이다.

"가자."

창식이가 옆에 섰다.

가이덴은 살짝 거리를 벌린 채 멀뚱히 서 있었다.

그에게 말했다.

"뭐 해?"

"네?"

"안 갈 거야?"

"그게……. 저도 가도 됩니까?"

"헛소리 말고 빨리 옆으로 와."

옆에서 계획을 다 들어 놓고는 이제 와서 가도 되냐니.

짜증 섞인 투로 손짓하자 가이덴이 환히 웃으며 달려왔다.

쯧쯧! 혀를 차며 인벤토리에서 스크롤을 꺼냈다.

"쫄보네, 쫄보."

"어린놈이 말 싸가지는!"

그 와중에 창식이와 가이덴이 뒤에서 투닥였다.

나는 고개를 저으며 '발패'로 향하는 스크롤을 찢었다.

환한 빛이 몸을 휘감았고, 어그러진 배경이 원래대로 돌아온 순간-

꽈아앙!

코앞에서 일어난 폭발이 우리 3인을 휩쓸었다.

✚ ✚ ✚

북유럽 서버의 맹주 '노르드'의 길드장, 발두르는 현재 치열한 전선에서 폴암을 휘두르고 있었다.

거대 세력의 대표가 최전선에서 무기를 휘두르는 모습은 아이러니했다.

발두르는 누구보다 열심히 싸웠다.

거대한 체구만큼 커다란 목청으로 병사들의 사기를 돋우었다.

우악스러운 폴암으로 적의 사지를 가르고 목을 쳤으며, 분골(粉骨)의 기세로 전선을 휘몰아쳤다.

발두르가 이곳에서 이러고 있는 이유는 간단했다.

"좌익 진형! 크게 돌아! 적의 옆구리를 뚫는다!"

"마법병대! 적의 중심부를 최대한 혼란스럽게 만들어라!"

"기마병대에게 전해라! 모루의 준비가 끝났다고!"

군대를 통솔할 최고의 지휘관이 존재했기 때문이다.

북유럽 길드 연합이 지금까지 '둠스데이'에게서 버틸 수 있는 것도 모두 그 덕분이라 할 수 있었다.

유저들은 그를 일컬어 '질풍의 기토'라 불렀다.

"연합장을 필두로 모루 대형을 갖춰라!"

연합군이 한 몸이 된 것처럼 부딪치는 일 없이 재빨리 진형을 완성했다.

길게 늘어선 대열이 총 10열.

빼곡한 벽과 같아 적군이 쉬이 뚫지 못했다.

마법병대가 마법 세례를 적진에 쏟아부었다.

발두르가 부하들을 이끌고 적의 공격을 피를 토하며 막아냈다.

좌익이 결사항쟁의 각오로 옆구리를 꿰뚫었다.

"진형이 붕괴됐다!"

"뚫어라!"
"파괴해라!"
지휘관들의 명령이 개활지에 쩌렁쩌렁 울렸다.
타다다닥!
'둠스데이' 진형의 뒤편에서 요란한 말발굽 소리가 울려 퍼졌다.
날카로운 창극을 앞세운 채 말 위에 몸을 실은 기마병대였다.
푸른 오러가 넘실거리는 창극이 줄줄이 공명한다.
우웅!
"언제?"
'둠스데이'의 지휘관, 안드레아는 미간을 좁혔다.
오늘따라 연합의 저항이 거세더니 기어코 목덜미를 물려고 한다.
"위, 위험한 것 같습니다!"
보좌관이 그리 외쳤다.
말하지 않아도 알고 있었다.
중앙 지형이 흔들렸고, 왼쪽 옆구리가 따갑게 물렸다.
정면은 층층이 쌓은 벽처럼 단단해 뚫지 못하고 있다.
그런데 뒤에서 50여의 기마병들이 몰려오고 있다.
그것도 강력한 오러를 머금은 수준 높은 자들이었다.
"젠장! 어떻게든 막아 내라! 뚫리면 끝장이야!"
아닌 게 아니라 기마병대가 후방을 뚫는 순간 이번 전쟁은

'둠스데이'의 대패가 된다.

그렇게 되면 냉정하기 짝이 없는 길드장이 자신의 목을 내칠 것이다.

안드레아가 이를 악물었다.

"쯧! 결국 이 정도입니까?"

안드레아의 눈이 커졌다.

누군가 한 발짝 옆으로 다가왔다.

시선을 돌리자 비단결 같은 백금발이 찰랑거리는 게 보였다.

차가운 눈이 그에게 향했다.

"믿고 맡겼더니만."

아멜로스는 고개를 저었다.

그가 살짝 손을 들었다.

하늘에 구멍이 뻥 뚫렸다.

안드레아는 고개를 들어 구멍을 보았다.

그곳에서 무언가가 우수수 떨어지기 시작했다.

"…저건?"

멀어서 잘 안 보이지만 형상이 인간의 그것을 그리고 있었다.

그것도 상당히 많았다.

"이면을 관통하는 마경."

아멜로스의 손에 기다란 줄로 엮인 거울이 들려 있었다.

거울은 불길한 빛을 내뿜고 있었는데, 빛이 하늘의 구멍을 가리키고 있었다.

"지정해 둔 좌표와 연결된 통로를 만들어 내는 신비한

아이템이죠."

마경에서 쏟아져 나온 자들이 기마병대의 위를 덮쳤다.

콰앙!

커다란 폭발이 일어났다.

아니, 폭발이 아니었다. 누군가가 땅을 내려찍으면서 발생한 흙먼지였다.

"날뛰어도 되냐!"

누군가에게 던진 질문.

대답은 아멜로스에게서 들려왔다.

"날뛰어."

작은 목소리였지만 대답은 분명히 질문의 주인에게 닿았다.

콰아앙!

공기가 둥글게 말려 들어가는 게 육안으로 보였다.

수많은 전사가 미친 듯이 칼부림을 펼쳤다.

기마병들이 거세게 저항했지만 전력 차이는 명백했다.

말 위에 탄 이들이 낙엽처럼 픽픽 떨어져 내렸다.

"어, 어떻게……."

"준비는 많을수록 좋은 겁니다."

아멜로스가 몸을 돌렸다.

그의 시선이 저 끝에 존재하는 북유럽의 사령관 '질풍의 기토'에게 향했다.

"역시 제법이란 말이지. 안타깝게도 이 정도에서 그치겠지만."

호조에게 했던 보고는 변하지 않는다. 그 어떤 변수가 있더라도 북유럽 연합은 오늘로써 끝장나리라.

"사령관님!"

그때 지휘관 하나가 다급히 안드레아를 불렀다.

"무슨 일이냐?"

"이, 이상한 놈들이 나타났습니다!"

"이상한 놈들?"

아멜로스는 확신하고 있었다.

어떤 변수가 있더라도 이 전쟁의 승리자는 자신들이라는 것을.

그것은 착각이었다.

변수도 변수 나름이었다.

"'울트론'으로 추정되는 병력이 현재 이곳을 향해 맹렬히 질주하고 있습니다!"

'울트론'이 갑자기 여기서 왜 나온단 말인가?

"큰일입니다!"

또 다른 지휘관이었다. 헐레벌떡 달려온 그는 흐르는 침조차 닦지 못하고 소리쳤다.

"'블랙 나이프'가 나타났습니다!"

'블랙 나이프'는 또 왜?

표정 변화가 많지 않은 아멜로스조차 인상을 확 찌푸렸다.

각각은 그리 위협적이지 않지만 현 상황을 생각해 보면 엄청난 위기였다.

"큰일입니다!"

"또 뭐야!"

아멜로스가 참지 못하고 소리쳤다.

달려온 지휘관이 움찔했지만 보고는 해야 해서 황급히 말했다.

"알 수 없는 3인방이 나타났습니다."

"고작 3명?"

"그것이… 그 3명이 지금 우측 전선을 무너트리고 있습니다!"

말도 안 되는 소리였다.

아멜로스가 눈에 마력을 불어넣어 시력을 강화했다.

대략 5미터까지 솟구친 검은 마력이 전선을 뒤집어엎었다.

검은 안개가 넓게 퍼졌고, 눈을 깜빡이는 순간에 지우개로 지운 것처럼 깔끔하게 사라졌다.

"뭐, 뭐야?"

냉정한 아멜로스라도 눈앞에서 벌어진 광경에 입을 다물 수 없었다.

콰앙!

후방에서 요란한 격전 소리가 울려 퍼졌다.

"적의 기마병대가!"

궤멸 직전으로 몰린 기마병대가 되살아났다.

어떻게?

"하, 한 남자가 나타났습니다!"

"남자 하나?"

"그입니다……!"

"그가 누구야!"

"빠삐루스입니다!"

그 이름이 왜 여기서 들린단 말인가?

아멜로스의 얼굴이 굳었다.

그의 두 눈이 짙은 살기로 뒤덮였다.

안드레아는 어쩔 줄 몰랐다. 그저 옆에 서서 손발을 동동 굴릴 뿐이었다.

아멜로스가 명령했다.

"후퇴합니다."

"예?"

"후퇴합니다."

두 번은 말 않겠다는 듯 목소리는 무거웠다.

안드레아는 침을 꼴깍 삼키고 고개를 끄덕였다.

그가 지휘관들에게 명령했다.

"모두 후퇴다! 최대한 살아남아 전선을 이탈하라!"

"전선을 이탈하라!"

"후퇴하라!"

이날 '둠스데이'는 엄청난 굴욕을 맛봐야만 했다.

갑옷에 묻은 먼지를 털었다.

창식이는 인원수가 채워지자마자 마계로 소환되었다.
다음 퀘스트를 받으면 다시 연락을 준다고 했다.
타닥타닥-
윤기가 흐르는 털을 가진 명마가 내 앞에 섰다.
"수고했네. 하하!"
메제스였다.
그 옆엔 하폰이 서 있었다.
그는 평소처럼 무덤덤한 얼굴로 팔짱을 끼고 있었다.
"너희들이야말로 수고했어. 기습은 성공적이었다."
타이밍이 좋았다.
아멜로스의 등장과 함께 놈들은 마경을 통해 추가 병력을 원하는 장소에 소환했다.
북유럽 연합의 엄청난 위기였고, 실제로 그대로 전황이 이어졌으면 필패였다.
그때 우리가 나타났다.
좌우로 '울트론'과 '블랙 나이프'가, 후방엔 빠삐루스가, 우측 전방엔 우리들이.
"다들 수고했습니다."
가장 멀리 있던 빠삐루스가 검을 고쳐 메고 나타났다.
"고생하셨습니다."
"죽는 줄 알았어요."
그가 빙그레 웃었다. 말과 달리 표정은 만족스러워 보였다.
그때 누군가 우리를 찾아왔다.

"귀하들의 도움에 정말 감사드립니다."
"북유럽 연합의 총사령관, '질풍의 기토'."
"맞습니다. 그리고 이분이."
나는 기토의 뒤에 선 거구의 서양인을 보았다.
"발두르로군."
발두르는 말없이 나를 보았다.
그의 눈은 생각보다 컸는데, 반쯤 감은 눈으로 나를 보았다.
그리고 입을 열었는데, 직후 보여 준 모습에 나는 살짝 놀랐다.
"고맙다."
발두르가 허리를 90도로 숙였다.
그 자존심 높은 '노르드'의 주인이 허리를 숙였다.
놀랄 노 자였다.
발두르가 허리를 폈다.
"길드 사냥꾼 알딘. 그대한테 도움을 받는 날이 다 오는군."
"별로 너흴 생각해서 도운 건 아니야. 너희까지 먹히면 정말 답이 없어지기 때문에 판을 짠 거지."
"후후!"
발두르는 의미 모를 웃음을 흘렸다.
그는 우리를 한 번 훑어보고는 몸을 돌려 원래 자리로 돌아갔다.
기토는 그의 등을 보며 말했다.
"원래 저런 분이십니다."

"원래 안 저래도 상관없습니다."

"하하! 이거 저희가 너무 큰 도움을 받았습니다. 한데 여러분도 연합인가요?"

기토는 의외로 핵심을 찔러 들어왔다.

나는 그를 빤히 보다가 씩 웃으며 말했다.

"길드입니다. 오로지 '둠스데이'를 멸하기 위해 조직된……."

검은 용입니다.

광전사가 죽지 않아!

쾅!

호조가 힘껏 책상을 내려쳤다. 얼마나 셌는지 두꺼운 원목 책상이 두 동강이 나 버렸다.

"어떻게 패배할 수가 있나!"

분노에 찬 음성이 회의실을 쩌렁쩌렁 울렸다.

보기 드문 모습이었다.

호조는 언제나 냉철하다. 가끔 장난기 넘치는 모습을 보여 주곤 하지만 공적인 부분에선 칼날과도 같았다.

하지만 이렇게 화를 낼 때가 간혹 있었는데,

"그 패배로 우리가 잃은 건 상상을 초월할 정도로 어마어마하단 것을 모르나?"

계획이 크게 틀어졌을 때였다.

바로 지금처럼.

이번 전쟁의 사령관을 맡은 안드레아는 고개를 들지 못했다.

전쟁의 난항을 겪었다 해도 패할 수 없는 싸움이었다.

심지어 뒤늦긴 했지만 아멜로스까지 나서 그를 도와주었다. 무능하다 욕먹어도 할 말 없었다.

물론 모두 그의 잘못만은 아니었다.

뜬금없이 나타나 아군 진형을 유린한 자들.

'둠스데이'는 그들을 전혀 파악하지 못하고 있었다.

그러나 그 역시 사령관의 책임.

"면목이 없습니다."

"크윽! 젠장!"

호조가 무너진 책상을 발로 차며 의자에 앉았다.

분이 풀리지 않는지 이마를 쥔 손에 핏줄이 잔뜩 돋아 있었다.

"차라리 다행입니다."

"뭣이?"

호조의 눈빛이 아멜로스를 향했다. 분노와 살기를 머금은 눈은 당장 사람 하나 죽여도 이상하지 않았다.

아멜로스는 담담히 말을 이었다.

"뜬금없이 뒤통수를 맞긴 했지만 지금이라도 알게 됐지 않습니까?"

"그게 어떻게 다행이지? 타당한 이유를 대지 않는다면 아무리 너라도 가만두지 않을 것이다."

"이유를 댈 것도 없습니다."

보통 사람이라면 호조의 진노에 벌벌 떨었겠지만 아멜로스는 정상적인 사람이 아니었다.

"고작해야 첫 패배입니다. 첫 패배에 잃은 건 많지만 얻은 것도 있으니 남는 장사 아니겠습니까? 설마… 세상을 적으로 돌렸으면서 한 번도 패하지 않으리라 생각하신 건 아니겠죠?"

날카로운 일침이었다.

호조의 눈이 가늘어졌다.

아멜로스의 말이 맞았다. 전쟁이란 건 승승장구만 할 수 없는 것이다. 이기는 날이 있다면 패하는 날도 있는 법.

호조가 고개를 저었다.

"아니, 우리는 그래선 안 된다."

아멜로스의 말이 백번 타당하다 해도 '둠스데이'만큼은 그러면 안 되었다.

"지는 전쟁을 우린 필요치 않는다."

무엇 때문에 그리 많은 돈을 썼고, 정보를 사고, 사람을 구슬렸는가?

"승리하기 위해서다. 홀리 가디언이란 세계를 손에 쥐기 위해서다."

맹목적인 승리를 바라는 것이 아니다.

그만한 투자를 했다.

"변수가 있었다면 그 변수마저 읽어 냈어야 했다."

아멜로스는 말하지 않았다.

이번 변수는 그조차 상정하지 못했다. 알고 있었지만 상정하지 못했다는 건 알딘의 뒤를 캐고 있던 아멜로스조차 예상하지 못했던 속도였다는 것이다.

'벌써 그 정도 세력을 일구었다니.'

놀라웠다.

알딘의 정보를 받았을 땐 '울트론'의 수장과 얘기를 막 끝낸 시점이었다.

이것도 너무 은밀하여 정황을 파악하는 것만 해도 굉장히 어려웠다. 그런데 '블랙 나이프'에 랭킹 3위의 빠삐루스까지.

'빠삐루스는 그렇다 칠 수 있다.'

알딘의 도움을 받은 그였다.

거기다 '둠스데이'에게 큰 곤욕을 치렀으니 증오밖에 안 남았을 것이다.

문제는 이번에 보인 것들이 전부냐는 것이다.

일단은 호조의 화부터 가라앉히자.

"진정하시지요. 이번 패배를 딛고 일어나면 '둠스데이'는 더 굳건해질 것입니다. 제가 그리 만들도록 하겠습니다."

다른 간부들이 '너 따위가 뭔데?'라는 시선을 보냈다. 입 밖으로 그 말을 꺼낸 자는 없었다.

그럴 수밖에.

이곳에 모인 간부들의 업적보다 아멜로스의 업적이 한참 더 많았기 때문이었다.

호조는 한숨을 내쉬며 마른세수를 했다.

"북유럽은 반드시 공략해야 한다."
"최고의 대비를 끝마쳐 전쟁을 준비토록 하겠습니다."
"믿어 보지. 그리고 안드레아!"
"넵!"
죄인이나 다름없는 안드레아가 목청 터져라 대답했다.
호조는 도깨비 같은 얼굴로 그에게 명령했다.
"아멜로스를 도와 이번에야말로 어떻게든 북유럽 연합을 무너트려라. 마지막 기회다."
"기대에 반드시 부응하도록 하겠습니다."
"해산!"
회의장에 모인 간부들이 썰물처럼 회의실을 빠져나갔다.

✠ ✠ ✠

북유럽 연합과 얘기를 잘 끝냈다.
일단 연합은 맺지 않았다. 혹시 모를 사태를 염려한 탓이었다.
대신 용병 계약을 맺었다. 그들이 필요할 때 일정 대금을 치르고 전쟁에 나서 주는 것이다.
'이 정도만 해도 나쁘지 않아.'
역으로 우리가 용병 제안을 할 수도 있는 거다.
그보다 '둠스데이'도 이제 '흑룡'에 대해 알게 되었다. 정확히 어떤 구조로 이루어졌는지까진 모르겠지만 섣불리 공격해 오진 못할 것이다.

'계속해서 위기감을 느껴라. 계속해서 우리를 두려워해라.'
그것만으로 족하다.
"어이, 대장!"
"대장이라 부르지 말래도."
메제스가 웃으며 성큼성큼 다가왔다.
'흑룡'에 들어오고부터 그는 내게 대장이라 불렀다.
장난으로 그러는 거겠지만 들을 때마다 민망했다.
"하하! 대장 맞으면서 뭘. 그보다 여기서 뭐 하나?"
"그냥 생각 정리 좀."
"그럴 때가 아니라고?"
메제스가 선물이라도 준비했는지 빙긋 웃으며 허리에 양손을 올렸다.
"무슨 소리야?"
"연락이 왔어."
벌떡 자리에서 일어났다.
"진짜야?"
"어. 자리 한번 다시 주선해 달라더라."
친구까지 맺었는데 왜 메제스에게 연락한 건진 모르겠다.
아무렴 어떤가? 만나 준다는 것만으로 나는 만족이었다.
긍정적인 대답을 해 줄지는 모르겠지만.
'그만 오면.'
나는 주먹을 꽉 쥐었다.

※ ※ ※

어느 날, 커뮤니티에 게시 글 하나가 올라왔다.
〈와, 이 사람 뭐야?〉
…라는 제목이었다.
이 글엔 영상 하나가 게재되어 있었다.
영상의 시간은 3분 정도로 별로 길지 않았다.
그러나 그 3분의 임팩트가 모든 이에게 전율을 일게 만들었다.
『천마신공.』
영상 속 남자가 짧게 중얼거렸다.
흑백의 강기가 전신을 휘감으며 폭발처럼 터져 나왔다.
남자가 눈을 번쩍 떴다.
『1식.』
흑백의 강기가 양손에 뭉쳤다.
손의 형상마저 뭉갤 정도로 진한 농도를 자랑하는 강기는 공간마저 비틀어 버렸다.
이를 악문 남자가 최후의 초식 이름을 내뱉었다.
『파천권(破天拳).』
두 손은 한데 모으고 오른 주먹에 강기를 밀집시켰다. 그리고 힘껏 내뻗었다.
『콰아아앙!』
천지를 뒤흔드는 굉음이었다.

눈앞의 지름 2미터 정도 되는 바위가 무참히 박살 났다.
『후우…….』
남자가 주먹을 거두었다.
그의 눈엔 옅은 공허함만이 남았다.
영상은 그것으로 끝이었다.

✤ ✤ ✤

천마신공.

오래전 실전됐다 전해진 천마신교의 절대무공으로 당대 천마인 천마왕에 의해 다시 세상에 공개되었다.

물론 동부가 개방되지 않은 지금 천마신공이 유저들에게 알려지는 건 불가능했다.

한데 나타났다.

천마신공의 전승자가.

그것도 플레이어로서 말이다.

그리고,

"반갑습니다."

"네, 반갑습니다."

그가 내 눈앞에 있었다.

그에게 궁금한 점이 참 많았다. 대체 어디서 천마신공을 손에 넣었는지, 어떻게 그런 '세력'을 일구었는지.

하지만 묻지 않았다.

그걸 듣기 위한 자리가 아니었다.
"대답을 하기 위해 나왔습니다."
남자는 그리 말했다.
새하얀 피부는 그가 동양인이 아니라는 걸 말해 주고 있었다.
긴장되었다.
나는 최대한 티를 내지 않고 덤덤한 얼굴로 남자를 마주 보았다.
남자, 셰인이 뒤늦은 대답을 전했다.
"좋습니다."
"정말이십니까!"
나도 모르게 철부지 애처럼 펄쩍 뛰었다.
셰인이 뒷말을 덧붙였다.
"단."
막 착지한 나는 어정쩡한 자세로 그를 보았다.
"그들을 무너트릴 때까지만 함께하겠습니다."
"그 말씀은."
"저 역시 '둠스데이'의 패악에 질린 참입니다. 놈들은 반드시 홀리 가디언에서 없어져야 하는 악적. 그러니 힘은 보태겠지만 영속적인 관계가 되고픈 마음은 없습니다."
셰인은 단호했다.
그는 자신의 세력만으로 충분하다 말했다.
이해 못할 건 아니었다. 아쉬웠지만 당장은 함께해 주는 것만으로 충분했다.

나는 고개를 숙였다.

"그것만으로 충분합니다."

천마신공의 전승자 셰인.

그리고 그가 이끄는 길드 '소천마'는 현 시점 최강을 논해도 좋을 길드였다.

더 놀라운 건 현 수준의 위상을 얻기까지 고작해야 한 달이 채 걸리지 않았다는 것이다.

전생엔 존재하지 않았던 인물.

그리고 엄청난 변수가 될 인물.

그가 내 손에 들어왔다.

"앞으로 잘 부탁합니다."

"저야말로."

우리는 손을 맞잡고 가볍게 흔들었다.

그 이후 짧은 대화를 마치고 셰인은 할 일이 있다면서 먼저 일어났다.

"잠시."

"또 할 말이라도."

내 부름에 셰인이 비스듬히 선 채 고개만 돌렸다.

이걸 물어도 될까 고민했지만 이미 불렀기에 그냥 지르자는 심정으로 질문했다.

"혹… 천마신공을 어디서 얻었는지 들을 수 있을까요?"

"흐음……. 그게 왜 궁금한지부터 알고 싶습니다만."

셰인은 턱을 문지르며 되물었다.

저 질문을 할 것 같았다.

나는 창왕과 엮였던 일을 나름 디테일하게 알려 주었다.

모든 얘기를 들은 셰인은 반대로 흥미로운 얼굴이 되었다.

"궁금해하실 만합니다."

"하하……."

"별것 아니었습니다. 그냥 운 좋게. 정말 운이 좋았죠. 어쩌다 보니 '천마신교'로 입성할 기회를 얻게 돼서. 그곳에서 천마왕의 눈에 띄었습니다."

어쩌다 보니, 라고 설명이 되는 건가?

어이가 없었지만 깊게 캐묻지는 않았다.

"천마왕에게 전수받으신 겁니까?"

"예, 뭐. 천마왕의 직계 제자입니다. 하하!"

맙소사. 동부가 개방되지도 않았는데 천마왕의 제자가 나타났다.

원래 천마왕의 제자는 셰인이 아니었다.

'진짜 미래가 얼마나 많이 바뀐 거야?'

그러고 보면 창식이 또한 개방되려면 한참 남은 마계에 가 마왕 후보자가 되지 않았던가.

"대단하십니다. 진심으로."

"제가 보기엔 알딘 님이 더 대단하십니다. 아, 당분간은 길드장님이라 불러 드려야 하나?"

"하하! 아닙니다. 괜히 민망해지니 편하게 부르셔도 돼요."

"알겠습니다. 아무튼 전 이만 가 보겠습니다."

"괜히 오래 붙잡은 것 같아 죄송합니다."
"저도 재밌었습니다. 그럼 다음에 뵙죠."
셰인이 몸을 돌렸다.
그러자 허공에서 무복을 입은 2명의 남자가 그의 뒤를 따랐다.
동부. 그것도 천마신교에서 힘을 얻어 온 유저가 수십여 명. 이건 정말 엄청난 전력임에 틀림없다.
나는 두 손을 문질렀다.
"마지막 퍼즐까지 다 맞춰졌어."
아직 많은 랭커들이 남아 있지만 그들은 차차 모으면 그만이다.
아직 여유가 있다. 반대로 '둠스데이'는 여유가 없겠지만.
"할 게 많아."
바로 창식이에게 연락했다.
지금쯤이면 마왕과의 대화가 끝나고 새로운 퀘스트를 부여받았을 것이다.

※ ※ ※

창식은 임무를 끝내고 막 마계에 복귀했다.
칠흑의 마왕이 다스리는 영토는 마계라 해도 사시사철 어둠이 감도는 불길한 대지였다.
특히나 마왕성은 '칠흑'이라는 이명에 어울리게 새까맸

는데, 마치 그림자가 세상 위로 떠오른 것 같았다.
-들어와라.
 돌아온 걸 알아챘는지 칠흑의 마왕이 머릿속으로 목소리를 보냈다.
 그를 부를 땐 항상 이런 식이었다.
 창식은 바로 마왕성으로 들어갔다.
 새까만 어둠이 그를 감쌌고, 정신없이 길을 걷자 가느다란 빛 한 점이 창식을 감쌌다.
 정신을 차렸을 땐,
 ((잘해 주었다.))
 칠흑의 마왕이 자신의 권좌에서 창식을 맞이해 주었다.
"돌아왔습니다."
 격식을 차려 인사하자 마왕은 꽤나 뿌듯한 얼굴로 고개를 끄덕였다.
((흡수한 영혼을 꺼내 보거라.))
"알겠습니다."
 허공에 손을 뻗자 반투명한 주머니가 소환되었다.
 주머니 입구를 꽉 묶은 노끈을 푸니 수많은 영혼이 허공으로 떠올랐다.
 칠흑의 마왕이 눈을 희번덕 떴다.
 끼아아아악!
 영혼들이 괴로움에 발광하며 끔찍한 비명을 내질렀다.
((호오! 모험가들의 영혼이라!))

마왕의 눈에 이채가 띠었다.

마기를 일으키자 영혼들에 자석이 달린 것처럼 그에게 빨려 들어갔다.

100개의 영혼을 흡수하는 데 고작 2초밖에 걸리지 않았다.

마왕이 손을 쥐었다 폈다 했다.

((재밌구나.))

"다음으로 지시하실 게 있는지요?"

온갖 만화와 애니메이션 등을 섭렵한 창식에게 이런 식의 예법은 누구보다 쉽게 느껴졌다.

마왕은 이를 기꺼워했다.

((안 그래도 네가 해 줘야 할 게 있다.))

"무엇입니까?"

((굴레의 마왕과 커넥션이 있던 인간 조직이 반쯤 궤멸했다더군. 너도 알고 있는 그곳이다. 남은 잔당들이 일을 꾸민다고 하는데, 모른 척 한번 가서 이것저것 알아보고 오너라.))

창식의 눈이 가늘어졌다.

알딘에게 사전에 이미 들었다.

많은 이들의 조력을 받아 '바벨토라니아'의 많은 과학자를 죽였다고.

개중엔 키리코 또한 있었다.

안 그래도 마계에서 그 일이 있었던 직후에 '굴레' 쪽의 분위기를 알아봐 달라는 부탁을 받았다.

"알겠습니다."

거절할 이유가 없었다.

마왕은 기특하다는 시선을 보내고, 선물이라면서 목걸이 하나를 주었다.

아름다운 보라색 보석이 박혀 있었는데, 무지막지한 마기가 흐르고 있었다.

((가져가라. 큰 도움이 되리라.))

"감사합니다."

사실 별로 감사하진 않았다.

퀘스트 보상이었으니까.

창식은 짧게 목례를 하고 마왕성을 나섰다.

바로 알딘에게 전화를 걸었다.

한 달이 지났다.

'흑룡'은 구상했던 그대로 완성되었다. 100위 안에서 30명이 넘는 랭커가 소속되었고, 기존의 네 길드 말고도 두 길드가 '둠스데이'에게 먹힐 바에 힘을 합쳐 쓰러트리는 게 낫다며 합류했다.

그럴듯한 길드 본부도 마련했다.

나는 개인 집무실에 앉아 있었다.

"소식이 뚝 끊겼어."

전쟁에서 패한 이후 '둠스데이'는 아무런 대외 활동을 하지 않았다.

재정비 기간을 갖는 모양인데, 이렇게까지 오래 걸릴 이유가 없다.

정보 길드를 통해 따로 소식을 받아 보곤 있지만 그들 역시 한계가 있었다.

얼마 전엔 이런 정보밖에 못 준다면서 돈 받는 걸 거부하기까지 했다. 자존심이 허락지 않는다나.

그만큼 철통 보안이라는 거겠지.

'아니면.'

문득 한 인물이 머릿속에 그려졌다.

그를 이용할 생각인가?

같은 조직에 속했다지만 가는 길이 다르다. 상부에서 명령하면 어쩔 수 없겠지만, 그게 아니라면 아마 끌어들이기 힘들 것이다.

전생에서도 그랬다.

장담할 순 없었다. 미래가 많이 바뀌었다. 끼어들지 말란 법이 없다. 하지만 가능성을 생각했을 땐 아직까지 희박했다.

"그가 끼어들었을 땐 '둠스데이'가 생각보다 치명적인 피해를 보았을 때뿐이니까."

전생의 '둠스데이'는 시작부터 아주 강력한 길드였다.

최강이라 논할 만했고, 행보는 거침없었다. 유럽 전역을 통일하고, 아프리카, 중동, 동남아를 가리지 않고 모조리 쓸어버렸다.

하지만 북미 서버의 길드만큼은 어쩌지 못했다.

거대 자본은 '둠스데이'만 들어간 게 아니다. 골드 파워가 가장 센 건 '둠스데이' 배후의 조직이 맞지만 그와 엇비슷한 부자들 역시 있었다.

중국 서버 역시 마찬가지였다.

중국 부자는 상상을 초월한다고 했던가. 조직적으로는 뒤떨어져도 그들 역시 '둠스데이'의 목덜미를 물 정도는 되었다.

그 시기에 '둠스데이'는 크게 혼이 났다. 궤멸까진 아니어도 이번과 비교하기 미안할 정도로 큰 손해를 입었다.

조직은 하는 수 없이 그를 사용하는 걸 허락했다.

고작 단 한 명 추가됐을 뿐이었다.

한데 결과는 몇 개의 길드가 합세한 것 이상으로 대단했다.

나는 그의 이름을 나지막하게 읊조렸다.

"제로스."

나를 제외하곤 압도적인 강자라 할 수 있는 괴물.

현생이야 나 때문에 골치 좀 썩어도 전생의 제로스는 독보적인 존재였다.

'아직은 안 나올 거야.'

내가 봤을 때 '둠스데이'는 그 정도로 몰리지 않았다.

오히려 걱정해야 할 건 우리였다.

놈들의 전력은 무궁무진하다.

긴장을 놓는 순간 순식간에 잡아먹혀 소화될 것이다.

똑똑똑-

그때 누군가 문을 두드렸다.
"들어와."
"여기 계셨어요?"
스네이크였다.
그녀의 표정은 한 달 전보다 확실히 좋아져 있었다.
'둠스데이'에게 더는 시달리지 않기 때문이었다.
"무슨 일이야?"
"꼭 무슨 일이 있어야만 오나요?"
"또 또 잡소리하려고. 바쁘니까 할 말 없으면 그만 나가."
"쳇! 재미없는 남자 같으니라고."
"응, 원래 재미없었어~"
"응, 알아~"
내가 찌릿 노려보자 스네이크는 모르쇠 시선을 돌린다.
"그래서 진짜 무슨 일인데?"
스네이크가 별일 없이 왔을 리는 없다. 말은 저래도 항상 용건이 있었다.
"놈들의 움직임이 포착됐어요."
"뭐?"
"정확히는 산하 세력이에요. '마우스 티스'라는 곳인데, 카벡에서 보였다는 제보가 들어왔어요."
'마우스 티스'라는 이름에 눈을 부릅떴다.
'시궁쥐들이 움직였다?'
속칭 시궁쥐.

스네이크야 잘 모르니 산하 세력이라고 표현했지만, 그들은 '둠스데이'를 떠받치는 가장 큰 기둥 중 하나였다.
그들이 움직였다는 건 '둠스데이'가 다시 본격적으로 움직인다는 걸 뜻했다.
확신하는 이유는 간단했다.
'전생에도 스타트는 항상 쥐새끼들이 끊었어.'
심지어 카벡이라면 빼박이다.
이놈들, 한 달이란 시간 동안 메인 스트림 작업을 착실히 진행했다.
상당히 놀라웠다.
쥐도 새도 모르게 진행했다는 건 다른 루트를 뚫었다는 뜻이다.
'어떤 루트인 거지?'
머릿속이 복잡해졌다.
"알딘 씨?"
"……."
"알딘 씨!"
"아, 어. 왜 불러?"
"무슨 생각을 그렇게 해요? 사람이 불러도 모를 정도로."
"아니, 그건 중요한 게 아니고. 정확히 뭘 하는진 모르고?"
"네. 그것까진 모르겠어요."
이 정도를 알아낸 것만으로 어디냐?
"수고했어. 네가 가져온 소식 덕분에 앞으로 뭘 해야 할지

감이 잡혔어."
"어머! 웬일이야?"
"뭐가? 나도 부하의 공치사 정도는 말로 때울 수 있다고?"
"만인이 평등하다가 이 길드의 모토 아니었나?"
"말이 그렇다는 거지, 말이."
"그럼 나도 말 하나만 할게요."
"또 뭔데?"
"그렇게 고마우면 데이트나 한번 해요?"
"응, 안 해."
"쳇! 나가 볼게요~"
스네이크는 뒤도 안 돌아보고 쿨하게 나갔다.
나는 피식 웃고는 마른세수를 했다.
일단 가이덴과 접선해야 한다.
녀석은 현재 메인 스트림 때문에 미친 듯이 구르고 있을 것이다.
내가 지시를 내린 것도 있지만 용사였기 때문이다.
"슬슬 합류할 때가 됐어."
혼자 있다간 쥐새끼들한테 당할 것이다.
그 전에 보고받은 것에 따르면 '바벨토라니아'의 잔당들과 맞닥뜨렸다고 했다.
가이덴의 레벨로는 그들을 상대하는 게 무리다. 그러니 나와 길드의 힘이 반드시 필요했다.
길드 통신을 열었다.

"지금부터 호명하는 다섯은 날 따라 카벡으로 간다."
나는 차례대로 함께 갈 동료들의 이름을 불렀다.

✝ ✝ ✝

빛 한 점 들어오지 않는 어두운 공간에 호조가 발을 들였다.
 한 치 앞을 가늠하기 힘들 정도로 어두웠다. 하지만 익숙한 듯 호조는 거침없이 발을 놀렸다.
 그리고 얼마 안 가 걸음을 멈추었다.
『도착했습니다.』
 스피커를 타고 낯선 여성의 목소리가 검은 공간에 울려 퍼졌다.
 그 순간 허공에 5개의 홀로그램이 떠올랐다.
 그 안엔 사람의 인영이 들어가 있었는데, 얼굴은 보이지 않았다.
 호조가 그들을 향해 90도로 인사를 올렸다.
"오랜만에 뵙습니다."
『오랜만이구나.』
『요즘 소식이 뜸하더군.』
 중앙과 가장 왼편의 홀로그램에 붉은 점이 들어왔다. 목소리를 낼 때 나타나는 신호였다.
"처리할 일이 많았습니다."
『그러기엔 너무 실망스러운 행보던데 말이죠.』

젊은 여성의 목소리였다.

호조가 할 말 없다는 듯 용서를 구했다.

"죄송합니다. 제가 미천해 일에 잔실수가 있었습니다."

『잔실수라기엔 타격이 커 보이던걸.』

『호호! 누가 아니랍니까? 세상에, 그렇게 투자한 길드가 전쟁에서 패하다뇨? 그것참, 하하하하!』

호탕한 중년인의 웃음소리가 장내에 울려 퍼졌다.

호조는 고개를 숙인 채 아무 말도 하지 않았다.

『실수야 만회하면 되지. 우리가 그리 깐깐한 건 아니잖소?』

『그도 그렇지요. 동양 속담엔 삼세판이라는 말도 있다니.』

『그럼 벌써 한 번의 기회를 잃은 것이네요.』

『그래, 앞으로의 계획이나 좀 들어 볼까?』

여러 비꼼을 들었는데도 호조의 표정은 조금도 변하지 않았다.

오히려 감읍하다는 듯 '둠스데이'의 일정을 자세하게 알려 주었다.

『메인 스트림이라…….』

『듣기론 그거 진행해 보려다가 제대로 한 방 얻어맞은 게 아니었던가?』

"드릴 말씀이 없습니다."

목소리 주인의 말대로였다.

메인 스트림에 관심을 가지고 진행해 보려다 '알딘'의 등장으로 제대로 큰코다쳤다.

심지어 거기서 끝난 게 아니라 작정이라도 했는지 세력을 끌어모아 북유럽 연합과의 전쟁에 난입했다.

호조의 주먹이 바들바들 떨렸다.

지금도 생각하면 분노가 머리끝까지 차올라 이성을 잃을 것 같았다.

'그 개 같은 새끼……!'

뭐만 하면 이런 식으로 방해를 한다.

예전엔 괜히 엮이면 손해를 볼 것 같아 놔두었는데, 그러지 말았어야 했다.

'모든 병력을 동원해 쳐 죽였어야 해.'

그러나 후회는 언제나 늦는 법이다. 이미 일은 터졌고, '둠스데이'는 상당한 타격을 입었다.

다행인 건 홀로그램 속 인물들이 생각보다 화가 별로 안 났다는 것이다.

그들은 '둠스데이'와 제로스의 뒤를 봐주는 조직의 지배자들이었다.

그들이 자신의 죽음을 원한다면 무슨 짓을 해도 살아남을 수 없으리라.

『더는 실망하게 하지 말아 주세요. 아시겠죠?』

젊은 여자는 마지막까지 호조의 가슴을 후벼 팠다.

호조는 알겠다고 대답할 수밖에 없었다.

화면이 꺼졌다.

다시 어둠이 내려앉았다.

"후……."

호조는 짧게 한숨을 내쉬고 방을 나왔다. 그 잠깐 사이에 얼굴이 수척해졌다.

방 밖에는 보좌관 둘이 나란히 서 있었다.

"일이 얼마나 진행됐는지 보고하라고 전해."

보좌관들에게 짧게 지시를 내리고, 호조는 따로 어딘가로 향했다.

'이번엔 절대 실수가 있으면 안 돼.'

그러려면 거대한 힘의 도움을 받아야 한다.

세부 조직이 다른 만큼 그가 들어줄 이유가 없겠지만.

'옛정을 걸고넘어진다면…….'

믿을 건 그것뿐이다.

호조는 빠르게 걸음을 옮겼다.

목적지는 제로스가 한창 사냥터로 삼고 있다는 '적룡의 레어' 였다.

✠ ✠ ✠

「지금 회동 중인 곳을 발견했어요.」

가이덴에게 마지막으로 온 메시지였다.

그 이후로 메시지를 보내고 연락을 해 봐도 가이덴은 반응하지 않았다.

"연락 안 받아요?"

말을 건 여자는 이번에 함께 카벡으로 온 상위 랭커, 아차롱이었다. 얼마 전 '흑룡'에 합류한 동료이기도 했다.

"아무래도 함부로 떠들거나 시끄럽게 굴 수 있는 상황이 아닌가 봐."

"그렇구낭. 그나저나 풍경 죽이네요. 잠만여~"

아차롱은 산 아래 전경을 보며 감탄하나 싶더니 갑자기 정상까지 성큼성큼 올라갔다.

정상은 코앞이어서 올라가는 건 순식간이었다.

"자! 모두 여기 주목!"

아차롱이 주먹을 내밀며 나와 동료들을 불렀다.

옆에 선 파이크가 한숨을 내쉬었다.

"또 저러네."

"중독이잖아."

항상 웃는 얼굴을 하는 쵸파가 파이크에게 어깨동무를 했다. 두 사람은 비슷한 시기에 '흑룡'에 가입한 랭커들이었다. 각각 76위, 81위로 하위권이긴 하지만 랭커인 만큼 무시할 수 없었다.

"시시하기는."

그리고 내 왼편에 선 여자는 넥티스.

곱슬곱슬한 은발이 허리까지 길게 내려오는 미인이었다. 단, 성격이 상당히 까칠해 나도 편히 대하진 못했다.

랭킹은 27위로 나를 제외하곤 가장 높았다.

그리고 정상에서 어디서 구했는지 모를 카메라를 쥔 아

차롱은,

"찍을게요!"

연신 플래시를 터트리며 셀카를 찍어 댔다.

자기 말로는 함께 찍은 사진이라지만, 애당초 정상이 가깝다 해도 수십 미터 거리였다.

모두가 제대로 찍힐 리 만무.

그런 그녀의 랭킹은 46위.

그야말로 랭커로만 이루어진 파티였다.

"그만하고 내려와!"

대체 몇 장을 찍는 건지, 하루 종일 셔터만 누르고 있다.

여기서 빈둥거리고 있기엔 해야 할 일이 너무 많다.

찰칵찰칵!

요란하게 빛이 터지며 셔터 누르는 소리가 집요하게 들려온다.

"얌마!"

결국 정상까지 올라 아차롱의 목덜미를 잡아끌고 내려왔다.

"우리가 할 일은 총 두 가집니다. 첫째, 가이덴이 찾은 '회동 장소'를 알아내는 것. 가이덴과 연락이 닿는다면 수월하겠지만, 연락이 없는 걸 보면 아마 한동안은 똑같을 것 같습니다."

"두 번째는요?"

넥티스가 물었다.

"두 번째는 '둠스데이' 놈들의 위치를 파악하는 겁니다. 최근에 이곳에서 모습을 드러냈다는 첩보가 들어왔습니다. 놈들은 '마우스 티스'라는 길드로 '둠스데이' 산하 세력입니다. 만약 메인 스트림을 노리고 온 거라면 상당히 강할 테니 다들 주의를 기울이세요."

"우리야 메인 스트림과 관련된 유저가 둘이나 있으니 그렇다 쳐도, 걔들은 어떻게 알았을까?"

파이크는 영문을 모르겠단 얼굴로 중얼거렸다.

쵸파도 그 말에 동의하는지 말을 덧붙였다.

"새로운 플랜을 찾아낸 거겠지. 그게 아니면 아예 다른 목적으로 왔거나."

"그러니까 놈들의 꼬리를 밟으려는 거야."

파이크가 납득했다는 듯 고개를 끄덕였다.

그들의 목적을 알아내려면 찾아내는 수밖에 없다.

'내가 아는 한 또 다른 플랜 따윈 없었어.'

발견되지 않았을 수도 있지만 스토리를 생각했을 때 인과관계가 확실해 따로 낄 틈 따윈 없었다.

하지만 이번 메인 스트림의 핵심인 키리코가 없으니 내가 아는 미래는 싹 다 바뀌었다고 봐야 한다.

"팀을 나누겠습니다. 일단 나랑 아차롱이 '마우스 티스'의 추적을, 나머지가 '회동 장소' 탐색을."

"밸런스 괜찮네요."

나는 딜탱에 아차롱은 상당한 수준의 사제였다.

평범한 사제는 아니었다.

그녀는 온갖 디버프 스킬이 담긴 장비만을 착용했는데, 어지간한 적은 그녀 앞에서 모든 능력치가 30퍼센트 이상은 다운되고 시작했다.

탐색 팀은 넥티스가 딜러, 파이크가 탱커, 쵸파가 사제였다. 넥티스는 전사 클래스였지만 채찍을 주 무기로 다루었다. 파이크는 '강철의 영혼'이란 히든 클래스였고, 쵸파는 축복 특화 사제였다.

"괜히 이렇게 데리고 온 게 아니야. 그럼 다들 출발하죠."

탐색 팀은 가이덴이 마지막으로 신호를 보낸 장소로 향했다.

"우리도 가지."

"넵!"

정말 활발하기 짝이 없는 성격이다.

벌써 소풍 나온 어린애처럼 룰루랄라 뛰어가고 있다.

정말 못 말리겠다.

✝ ✝ ✝

'마우스 티스'의 주인, 미키는 쥐를 닮은 얼굴이었다. 괜히 길드 이름을 '마우스 티스'로 지은 게 아니었다.

지금이야 '둠스데이' 산하로 넘어가긴 했지만, 호조가 허락하여 길드원들은 여전히 그가 이끌고 있었다.

"우리는 반드시 임무를 성공시켜야만 한다."

미키가 길드원들에게 말했다.

호조는 반드시 메인 스트림의 꼬리라도 발견해야 한다고 못을 박았다. 그러지 못하면 돌아올 생각은 하지 말라 엄포했다.

"걱정하지 마시죠."

미키의 전속 참모, 패볼이 손을 비비며 다가왔다.

전형적인 간신배의 상을 했지만 능력만큼은 출중한 인재였다. 현실 학벌도 아이비리그 출신으로 비상하기 짝이 없었다.

"왜 걱정하지 말라는 거냐?"

"이미 꼬리를 발견했으니까요."

"호오?"

미키가 가뜩이나 작은 눈을 부릅떴다. 그래 봐야 작은 눈은 작은 눈이었다.

"동쪽 산에 악마종으로 보이는 자들이 나타났습니다."

"확실한가?"

"모습은 확인하지 못했지만 저희에겐 이게 있지 않습니까?"

패볼이 평범한 안경을 꺼내 흔들었다.

어디서나 찾아볼 수 있는 외형과 달리 이 안경은 호조가 임무를 위해 대여해 준 마법 안경이었다.

열 감지를 하듯이 마력 감지가 인챈트되어 있었다. 이것만 있으면 마력 반응이 있는 한 절대로 도망칠 수 없었다.

"이걸 통해 알아봤단 말인가?"

"마족은 대체로 검붉은 마력을 띱니다. 그리고 그들 또한 검붉은 마력으로 온통 도배되어 있었습니다. 최대한 갈무리한 것 같지만 체내의 마력까진 숨길 수 없죠."

역시나 패볼.

미키가 흐뭇하게 웃었다.

호조는 그곳에서 회동을 가질 마족과 인외를 초월한 과학자들과 거래를 해 오라 명했다.

쉽지 않은 임무였다. 자신의 입지도 있는데, 너무한 명령을 내렸다고 생각했다.

지금도 그 생각은 변치 않지만,

'성공만 한다면야.'

아무래도 좋았다.

회동 장소를 알아낸 이상 실패할 염려는 없다.

불안함이 아예 없는 건 아니었다.

"'흑룡'의 움직임은?"

"일단은 없습니다."

한 달 전, 한창 북유럽 연합과 전쟁을 벌이고 있을 때 갑자기 등장해 전황을 뒤집어 버린 의문의 세력.

알딘을 필두로 한 그 세력은 자신들을 '흑룡'이라 명명했다.

"젠장! 그 버러지 같은 새끼들 때문에……."

현재 길드 내에서 예측하기론 '흑룡'의 전력은 자신들과 비교해도 크게 밀리지 않았다.

전면전을 벌인다면 당연히 승리하겠지만 그럴 경우 다른 길드들이 득달같이 달려들어 물어뜯길 것이다.

쉽게 볼 수 없는 거대 길드.

그런 놈들이 대체 어디에 있다 이제야 나타난 건지.

"녀석들만 나타나지 않으면 수월하게 임무를 성공시킬 수 있어."

나타난다 하더라도 밀리지만 않으면 결과적으로 '둠스데이'가 모든 걸 차지할 것이다.

"정예만 소집해라. 바로 움직일 테니."

"이미 다 추려 놨습니다. 출발만 하시면 됩니다."

"크큭! 영특한 놈."

미키가 패볼의 머리를 쓰다듬었다.

패볼이 기껍다는 듯 웃으며 고개를 숙였다.

✠ ✠ ✠

"생각보다 금방 발견했네요?"

"그러게 말이다."

나는 광안을 뜬 채 허름한 저택을 들여다보고 있었다. 벽을 관통해 볼 수 있는 건 아니지만 마력의 흐름을 읽다 보니 내부 역시 어렵지 않게 파악할 수 있었다.

그 수는 대략 스물 정도로 많지 않았다.

"어때요?"

"인원을 추리고 있어."

스물에서 또 대여섯 명만 따로 불러내고 있다.

무슨 일 때문에 그러는지 모르겠지만 아무래도 외출할 모양이었다.

가장 큰 마력이 2층에서 내려왔다.

시궁쥐의 대장 쥐, 미키가 분명하다.

그들은 밖으로 나왔다.

"저놈이 대장이야."

광안을 거두었다.

마력의 흐름이 사라지며 그들의 모습이 또렷이 들어왔다. 거리가 멀었지만 우리들에게 이 정도 거리는 코앞과 크게 다르지 않았다.

"가자."

"넵."

아차롱은 일할 땐 그래도 열심히 하는 편이다.

장난기 가득한 아까 모습과 달리 지금은 한없이 진지했다.

내가 앞장서고, 아차롱이 뒤를 따랐다.

조용히, 그리고 은밀하게. 비록 직업군은 은밀과 거리가 멀긴 했지만 저들 또한 추적에 능한 자는 보이지 않았다.

뒤를 얼마나 밟았을까.

대장 쥐 미키를 비롯한 5명의 인원이 동쪽 산 입구에 섰다. 그들은 주변을 살피고 등산을 시작했다.

"의심스럽네요?"

"저곳에 뭐가 있는 모양이야."

주변을 살핀다는 것부터가 다른 이에게 들키고 싶지 않다는 심리에서 비롯되는 것이다.

그보다 동쪽 산이라…….

그때였다.

「대장!」

파이크였다.

왜 부르냐고 답장을 보냈다.

「동쪽 산줄기 봐 봐.」

시선을 동쪽으로 옮겼다.

대각선을 그리는 산줄기 위에 3명의 남녀가 서 있었다. 거리가 멀어 흐릿했지만 눈에 마력을 불어넣자 선명하게 보였다.

「너네 뭐야?」

「그러는 대장이야말로 여긴 어떻게 알고 왔어? 안 그래도 슬슬 보고하려고 했는데.」

처음엔 그게 무슨 말인가 싶었다.

이해는 빨랐다.

「설마 여기가?」

「수소문해 보니 이곳이 맞는 것 같아. 의심스러운 인물들이 이곳으로 대거 진입했다더라고. 그것도 시간 차를 두고.」

방금 산을 오른 미키와 시궁쥐 일당들을 떠올렸다.

미키가 이끌고 온 4명은 나머지에 비해 확실히 마력의 양이 컸다. 그 말은 이곳에 온 시궁쥐 중 가장 뛰어난 자들이라는 뜻이다.

"알고 왔어."

"무슨 일이에요? 무슨 일? 무슨 일?"

"정신 사나워. 얌전히 좀 있어 봐."

아차롱이 발을 동동 굴리며 물었다. 궁금증을 남들보다 못 참는 성격 탓에 질문할 때면 항상 발을 굴렸다.

나는 짧게 생각을 정리하고 아차롱에게 정리한 사실을 알려 주었다.

"헉! 그럼 빨리 올라가야겠네!"

"네 말대로야."

파이크에게 메시지를 보내고 질주하듯 그들의 뒤를 쫓아갔다.

그런데 얼마나 빨리 산을 올랐는지 보이지가 않았다.

아차롱에게 짧게 통보했다.

"먼저 간다."

"네에?"

[점멸]

아차롱의 목소리가 길게 늘어지다 뚝 끊겼다.

단숨에 공간을 뛰어넘었다.

그것도 한 번이 아니고 두세 번을 연달아 사용했다.

콰지직- 연달아 점멸을 쓴 탓에 몸에서 스파크가 튀었다.
스파크가 사라지며 정면의 광경이 드러났다.
"멈춰!"
5명의 남자가 고개를 돌렸다.
중심엔 쥐를 닮은 미키가 서 있었다.
"네놈!"
"아, 알딘입니다!"
부하로 보이는 자가 소리쳤다.
검 손잡이를 쥐었다.
악신의 파편을 뽑았다. 파지지직! 검은 스파크가 튀어오르며 성난 들소처럼 주변을 헤집었다.
난폭하기 짝이 없지만 그조차 매력적이다.
"죽여!"
미키가 벼락같은 음성으로 명령했다.
4명의 인원이 쏜살처럼 내게 달려들었다.
강해 보이지만 나와 견주기엔 너무나도 손색이 많다.
[어둠 파먹기]
검은 궤적이 허공을 갈랐다.
새까만 파도가 대지를 갉아먹으며 창공까지 치솟았다.
시궁쥐들이 호흡을 맞춰 양옆으로 갈라졌다.
2명은 '어둠 파먹기'를 완전히 피하지 못했다.
그러기엔 범위가 너무 넓었다.
입가에 미소가 그려졌다.

"너희 실수한 거야."

하나로 뭉쳐도 모자랄 판에 양쪽으로 나뉘었다?

죽여 달라 목을 내민 것과 다름없다.

[태양이 사라진 세계]

세상이 어둠으로 물들었다.

미키가 입을 벌린 채 하늘을 올려다보았다.

핏빛으로 뒤덮인 눈이 그들을 내려다보고 있었다.

✛ ✛ ✛

태양이 사라진다면 어떻게 될까?

나도 잘 모른다. 빛을 잃었으니 모두가 장님이 되고, 기온은 급속도로 떨어지며, 광합성을 못한 식물들이 죽어 인간에게 해를 끼친다는 것 정도?

사실 이 정도만으로도 그 별은 빠른 속도로 멸망할 것이다.

지금 눈에 보이는 광경은 그 예시를 극단적으로 재현해 주었다.

"모, 몸이 얼어붙어!"

"앞이 안 보여!"

"수, 숨이! 숨이 안……. 커헉!"

숨도 안 쉬어지는 건가?

식물이 존재하지 않기 때문인가?

잘 모르겠지만 이미 인간이 살 수 없는 땅일 테니 불가능하진 않을 것 같다.

칠흑 같은 어둠 속에서 나만이 홀로 앞을 보았다.

끔찍한 절규가 이어지는 지옥.

그 위에 오롯이 떠 있는 핏빛의 눈은 가만히 그들을 주시할 뿐이었다.

"엄청나네."

따로 사용할 일이 없어 이번에 처음으로 사용해 보았다.

'검은 태양의 파편'의 상위 호환.

이 정도면 상위 호환이라는 말로도 부족하다.

'어둠 파먹기'의 위력도 혀를 내두를 정도인데.

'이 정도면 초월급 스킬 수준이네.'

손가락을 튕겼다.

핏빛 눈이 서서히 감기자 어둠이 거짓말처럼 가셨다. 그리고 드러난 광경은 충격적이기 짝이 없었다.

"허얼……."

막 뒤따라온 아차롱은 할 말을 잃었는지 경악한 눈으로 태양이 사라졌던 세계를 감상했다.

모든 것이 얼어붙었다.

지상엔 풀 한 포기 남지 않았고, 살아남은 자들은 거친 숨을 몰아쉬었다.

아무도 죽지 않았지만 차라리 죽는 게 나았을 정도의 타격을 입었다.

"크흐……. 허억! 허컥! 커헉! 쿨럭쿨럭!"

대장 쥐 미키는 가쁜 숨을 몰아쉬랴, 목이 터져라 기침하랴 정신을 못 차리고 있었다.

나머지도 그와 다르지 않았다.

미키에게 다가갔다.

"야."

미키는 대답하지 못했다.

게임 속에서 이런 고통을 느꼈다는 사실이 두려웠는지 오한이 든 사람처럼 오들오들 몸을 떨었다.

두 눈은 갈 곳을 잃고 정신분열증 환자처럼 떨리는 눈동자를 사방으로 움직였다.

목을 붙잡았다.

"컥!"

고작 몇 분 사이에 폭삭 늙었다.

미키는 애처롭게 나와 눈을 마주쳤다.

"여긴 어떻게 알고 왔어?"

"아, 아, 알던……!"

그제야 정신을 차렸는지 미키의 눈에 생기가 돌아왔다.

목을 더 꽉 쥐었다.

"꺽!"

"어떻게 알고 왔냐고."

탁탁탁! 숨이 막히는지 팔을 두드린다.

놔줄 생각 따윈 없었다. 말을 듣기 전까지는 절대로-

"목을 놔야 말을 하죠."

"아⋯⋯."
옆에서 아차롱이 말하지 않았다면 질식사시킬 뻔했다.
목을 쥔 손을 놓았다.
창백해졌던 얼굴에 핏기가 돌자 순식간에 벌게졌다.
"컥! 컥! 쿨럭! 쿨러으으⋯⋯. 우웨엑!"
기어코 헛구역질까지 했다.
그에게 다시 물었다.
"여긴 어떻게 알고 왔어?"
"크윽⋯⋯. 네놈이야말로 대체 여긴 어떻게?"
"질문은 내가 했잖아."
"크악!"
검으로 미키의 왼쪽 어깻죽지를 찔러 버렸다.
"마지막이다. 여긴 어떻게 알았어?"
"마, 말해 줄 것 같아?"
"그럼 됐어."
"뭣!"
푸확!
어깨에서 검을 뽑아내 단숨에 목을 갈랐다.
나름 한 길드의 수장이라고 한 번에 죽지 않았다.
미키가 당황한 얼굴로 목을 붙잡았다.
한 번 더 검을 휘둘렀다.
검은 궤적이 미키의 손목과 목에 검은 실선을 만들었다.
"⋯⋯!"

손과 목이 동시에 떨어지며 회색 가루가 되어 흩날렸다.
"막 죽여도 돼요?"
아차롱이 걱정스러운 얼굴로 물었다.
물론이다.
대답해 줄 사람이 그 녀석만 있는 것도 아니고.
미키가 있던 곳에 작은 단검이 떨어져 있었다.
상태창을 보니 전설 등급의 무기였다.
"비싼 것도 떨어트렸다. 운도 없는 놈."
히죽 웃으며 몸을 돌렸다.
미키가 어떻게 됐는지 지켜보고 있던 시궁쥐들이 침을 목구멍으로 넘겼다.

☦ ☦ ☦

"아는 게 없었네요."
"말하지 않은 것일 수도 있지."
게임인 만큼 협박은 통하지 않는다.
어쩌면 한낱 길드원일 뿐이라 진짜로 몰랐을 수도 있었다. 뭐가 됐든 '둠스데이'가 이곳까지 오게 된 경위는 알아내지 못했다.
아쉬웠지만 괜찮았다.
그들이 메인 스트림에 관여했다는 걸 알아낸 것만으로 충분한 소득이었다.

"올라가자."

탐색 팀은 가이덴과 접선하는 데 성공했다.

하지만 더 이상은 말하기 어려울 것 같다며 연락이 끊겼다.

우리도 빠르게 산을 올랐다.

산 정상엔 크진 않지만 복잡한 구조의 분화구가 있었다. 암석들의 형태가 기괴했는데, 어떤 건 우산 같았고 어떤 건 곡선으로 휜 파도 같았다.

마지막 메시지엔 갈퀴 모양 바위 아래 지하로 향하는 입구가 있다 적혀 있었다.

"저건가 봐요. 와아, 신기해라!"

아차롱은 신이 났는지 폴짝폴짝 뛰었다.

그녀의 뒤통수를 앞으로 밀었다.

"빨랑 가기나 해."

"꺄하!"

팔을 양옆으로 넓게 뻗고 비행기처럼 앞으로 쏘아 간다. 정신연령이 대체 몇 살인지 모르겠다.

갈퀴 모양 바위 앞에 섰다.

진짜 갈퀴 같았다. 어떻게 이렇게 생긴 바위가 존재할 수 있는지 의문이 들 정도다.

하긴 여기엔 갈퀴 바위 말고도 신기한 바위들이 지천에 널려 있다.

"들어가자."

갈퀴 바위 아래 있는 구멍으로 몸을 던졌다.

빙글빙글 도는 미끄럼틀을 탄 것처럼 방향이 시도 때도 없이 틀어졌다.

아차롱은 신난다며 만세까지 하고 환호 같은 비명을 내질렀다. 시끄러우면 안 될 것 같아 그만하라고 소리쳤지만 워낙 떨어지는 속도가 빨라 소리가 묻혔다.

그렇게 미끄럼틀 같은 굴의 끝이 보였다.

화악!

밝은 빛이 우리를 감쌌다.

"우하하하!"

생각 없이 아차롱이 크게 웃음을 터트렸다.

말리기엔 이미 늦었다.

아래를 내려다보았다.

대략 3~4미터 정도 거리가 있어 보였다.

아차롱의 손목을 낚아챘다.

[점멸]

바로 바닥에 착지했다.

옆에서 '아코!' 같은 되도 않는 의성어가 들려왔지만 무시했다.

"야, 좀 조용히 해라. 미쳤어?"

"히히! 죄송해요~ 신나는 걸 어떡해."

"아으! 다른 사람으로 데려왔어야 했는데."

흥이 많다는 걸 알았지만 이 정도일 줄은 몰랐다.

다시 한 번 그녀에게 주의를 주었다.

탐색 팀은 이곳에서부터 더 이상 연락을 줄 수 없다고 했다.
'혹시 들키진 않았겠지?'
그런 곳에서 꺄르륵 웃음보를 터트렸으니.
들켰다면 눈앞이 캄캄했다.
일단 저 아래로 내려갔다.
암석에 층이 나 있어 높은 계단처럼 형성돼 있었다.
그렇게 얼마나 갔을까. 저 멀리 익숙한 네 사람이 보였다.
탐색 팀과 가이덴이었다.
아차롱과 시선을 맞추고 그들에게 조용히 다가갔다.
"@(^)@$~&^*%$@**!"
"%((#(@*$)(!$*%&*))!"
알 수 없는 언어들이 먼 곳에서 들려온다.
가장 왼쪽에 선 쵸파 옆에 섰다.
집중하고 있던 쵸파가 옆에서 느껴진 인기척에 슬며시 고개를 돌렸다.
'왔어?'
입 모양이 그렇게 말하고 있었다.
소리조차 내면 안 되는 건가?
하지만 저 위에서 그렇게 크게 웃었는데?
설마…….
'아하!'
광안을 전개하자 이유를 알 수 있었다.
결계가 펼쳐져 있었다.

소리를 차단하는 막이었는데, 바깥 소리는 이 안으로 전달되지 않고 안쪽 소리는 바깥으로 전달되지 않는다.
그래서 이곳에선 연락을 못한 모양이었다.
가이덴이 내게 다가와 뭔가를 건네주었다. 옆에 있는 아차롱에게도 주었다.

[통역기]

이건 또 어디서 구한 거야?
통역기를 귀에 찼다.
((@&$%&! 같은 걸 우리가 해 줄 거라 생각하나?))
"그렇다면 협상은 결렬입니다만?"
외계어로 들리던 대화가 통역되었다.
벽에 바짝 붙어 고개를 내밀었다.
머리 양옆에 커다란 뿔을 단 근육질 악마와 하얀 로브를 두른 인간이 보였다.
악마는 눈 전체가 녹색이었는데, 광안에 의하면 눈 전체에 강대한 마력이 흐르고 있었다.
반면 인간은 몸이 어떻게 구성된 건지 마력의 종류가 모두 달랐다. 인간이 맞나 하는 의문이 들 정도였다.
"어차피 당신들도 우리가 있어야 문을 만들 수 있습니다. 안 그렇습니까?"
((시간이 더 걸릴 뿐 너희의 도움이 간절한 것은 아니다,

오만한 인간이여.))

"흐흐! 모험가들의 성장 속도를 본다면 그런 말은 안 나올 텐데요."

"……."

로브인의 말에 악마가 대꾸하지 못했다.

"모험가들을 기존의 대륙인과 같다 생각하면 오산입니다. 그들의 성장 속도는 감히 말하건대 당신들보다 압도적으로 높습니다."

((놈! 이곳이 어디라고 그따위 주둥이를 놀리느냐!))

화를 낸 건 뒤에서 지켜보던 악마였다.

덩치는 왜소하지만 앞에 나선 악마와 비교해도 꿀리지 않는 마력을 보유하고 있었다.

"저는 사실만 말했습니다. 고작해야 1년 하고도 5개월. 가장 강한 모험가는 이미 반신에 도달했고, 여러 초월기를 보유하고 있습니다. 그게 한 달도 더 전이니 지금은 그때보다 더 강해졌다고 봐야겠죠."

((너의 말이 맞다 치자. 하지만 너희의 요구를 받아 줄 생각 따윈 없노라.))

악마가 초록 눈을 빛내며 거대한 마기를 일으켰다.

마기가 서클을 그리며 회전하는 것이 '굴레의 마왕' 휘하의 악마들이었다.

엄청난 압박감이었다. 거리가 꽤 되는데도 몸이 저릿저릿하니, 악마 하나하나가 나보다 더 강했다.

다른 동료들을 보았다.

아차롱과 쵸파는 사제다 보니 생각보다 마기에 대한 저항력이 강했다. 파이크와 넥티스는 이를 악물고 버티고 있었다.

문제는 가장 레벨이 낮은 가이덴이었는데,

'생각보다 멀쩡하네?'

용사 클래스의 특전이라도 있나?

평상시와 다를 것 없이 집중하고 있다.

문제가 생기면 어쩌나 했는데 다행이었다.

다시 대화에 집중했다.

"그렇다면 여기까지겠군요. 저흰 칠흑의 마왕에게 가겠습니다."

((놈!))

"굴레의 마왕과 커넥션이 있어 당신들에게 가장 먼저 '기회'를 주었던 겁니다. 그걸 제 발로 차셨으니, 저흰 미련이 없습니다."

((건방진! 그 말을 하고도 살아남을 성싶은가!))

녹색 눈에서 광선이 쏘아졌다.

아무런 전조도 없이 즉발된 광선이었다.

속도도 감히 눈으로 좇기 어려웠다.

콰아아앙!

로브인이 광선에 꿰뚫렸다. 거대한 폭발이 그가 서 있던 곳은 물론 뒤에 있는 또 다른 로브인들까지 휩쓸었다.

'대체 무슨 일이 벌어진 거야?'

"실수하신 겁니다."

로브인의 목소리였다.

광선에 흔적도 없이 사라진 줄 알았는데, 목소리는 생각보다 멀쩡했다.

후와아악!

폭연이 순식간에 걷혔다.

찢어진 로브 밖으로 로브인의 얼굴이 드러났다.

나는 두 눈이 휘둥그레질 수밖에 없었다.

'아즈마탄!'

바벨토라니아의 실질적인 주인이라 할 수 있는 1급 과학자.

악마족과 회동을 가진 인물은 바로 그 아즈마탄이었다.

다른 로브인들이 하나둘 걸어 나왔다.

몇몇은 익숙했는데, 모두가 바벨토라니아의 과학자들이었다.

'키리코가 했어야 할 일을…….'

아즈마탄이 대신한다.

스토리상으로 한참 후에나 나와야 할 그였다.

아무래도 전개 속도가 빨라진 듯했다.

거기다 아즈마탄이라면…….

"다들 도망쳐!"

"누구냐!"

"침입자다!"

악마들과 바벨토라니아의 과학자들의 시선이 일제히 이곳에 닿았다.

모두가 경악한 얼굴로 나를 봤지만 아무래도 좋았다. 중요한 건 그게 아니었으니까.

"뭐라고!"

"오로지 나만이 이곳에 서 있을 자격이 있다."

선언하듯 아즈마탄이 입을 열었다.

빌어 처먹을!

'악신의 파편'을 뽑아 들었다.

저 멍청한 악마 놈은 괜히 아즈마탄의 심기를 건드려 가지고!

"다들 방어 스킬을 사용해! 최대한 겹쳐서!"

영문을 모르겠단 얼굴로 동료들이 허겁지겁 방어 스킬을 전개했다.

아즈마탄이 오른쪽 검지를 높이 들었다.

"이 땅은 사라지리라."

아즈마탄은 과학자이기 이전에 초월자.

손가락 끝에 맺힌 거대한 기운이 지하를 뒤집어 버렸다.

녹색 눈의 악마는 순식간에 기운에 집어삼켜졌다.

다른 악마들과 과학자들 또한 같은 처지였다.

그리고 우리 역시도,

'그렇겐 안 되지!'

신격을 개방했다.

기운이 우릴 덮친 순간-

['가상 우주'가 전개됩니다.]

내가 서 있던 곳을 기점으로 반경 50미터에 광활한 우주가 만들어졌다.

그곳에서 나는 악신의 파편을 앞으로 힘껏 찔렀다.

[플래닛 브레이커]

행성을 파괴하는 힘이 검극에 맺혔고,

"으아아아앗!"

아즈마탄의 기운을 양옆으로 갈라 버렸다.

그러나 그 힘이 엄청나 칼자루를 쥔 손이 벌벌 떨렸다. 긴장을 놓았다간 단숨에 놓칠 것 같았다.

어깨가 탈골될 것 같고, 미는 힘을 버티지 못해 넘어질 것처럼 위태로웠다.

하지만 견뎠다.

그것과 별개로 HP 게이지는 계속해서 줄어들었다.

['경시되는 생명'의 효과로 공격력이 30퍼센트 증가합니다!]

['경시되는 생명'의 효과로 공격력이 50퍼센트 증가합니다!]

['경시되는 생명'의 효과로…….]

그럴수록 나의 힘은 강해졌다.

발을 앞으로 내디뎠다.

허벅지의 떨림은 그대로였지만 이를 악물고 천천히 앞으로 나아갔다.

그때였다.

툭- 툭툭-

누군가 나의 등을 밀었다.

한두 명이 아니었다.

돌아보지 않았다. 그럴 필요가 없었다.

"후! 하!"

팔꿈치를 굽혔다. 내디딘 발을 땅에 박고, 뒷발을 세차게 밀었다. 막힌 변비를 뚫을 기세로 허리와 엉덩이, 허벅지, 종아리까지 힘을 꽉 주었다.

그리고 밀어냈다.

"으랴아아압!"

"밀어!"

"죽여!"

"부숴!"

검극에 빛이 모여들었다.

어떻게든 살아남을 것이다.

미래를 위해서라도 무조건적으로 해낼 것이다.

"……!"

팔이 일직선으로 뻗어졌다.

강력한 기운이 꿰뚫렸다.

동그란 통로가 만들어졌다.

푸른 입자가 허공에 날렸다.

나는 통로를 보았다.

그곳에 익숙한 얼굴이 나를 주시하고 있었다.

"네놈이로군."

아즈마탄이 흉악하게 일그러진 얼굴로 나를 가리켰다.

광전사가 죽지 않아!

 아즈마탄과 눈이 마주친 순간, 전신의 근육이 쫙 조여 오는 감각을 느꼈다.
 뱀을 앞에 둔 개구리의 심정이 이러할까?
 "잘되었다."
 아즈마탄이 양손에 거력을 끌어모았다. 공간째로 뒤흔드는 힘은 저자가 정말 과학자인지 의심이 들게 할 정도였다.
 "그날, 내가 자리를 비운 탓에 대업에 큰 차질을 빚었다."
 허공에 오색찬란한 빛이 구체의 형태로 응축되었다.
 "오늘에서야 당시의 분노를 해소할 수 있겠구나."
 "알딘!"
 넥티스가 소음을 걷어 낼 정도로 크게 이름을 외쳤다.
 주눅 든 가슴이 조금 편해졌다.

승부를 보자 • 217

답답함이 가시자 시야가 살짝 돌아왔다. 나도 모르게 숨을 참았는지 콧김이 거칠었다.

오색 빛깔의 구체가 수십 갈래로 분열했다. 그것은 하늘 높이 치솟았다.

"도망쳐야 해!"

"죽어! 여기 있으면 죽어!"

동료들이 뒤에서 바락바락 소리친다.

천장을 보았다.

종유석들이 징그러울 정도로 천장에 따닥따닥 붙어 있다.

구체에서 갈려 나간 것들이 천장 부근에서 아치형을 그리며 낙하를 시작했다.

"요격."

아즈마탄이 손가락으로 나를 가리켰다.

수많은 색으로 도배된 광선이 일제히 내게로 날아오기 시작했다.

알딘!

피해!

다 듣고 있다.

하지만 어디로?

내가 피한다면 동료들이 당한다.

'가상 우주'의 힘을 최대한 이용한다면 막을 수 있을까?

고민은 길지 않았다.

"흐아아압!"

[이차원의 악마]

피아를 구분하지 않는다는 리스크가 있어 사용하기 조심스러웠다.

그런 걸 걱정할 때가 아니었다.

'우주의 공포'가 파르르 떨렸다.

그에 공명하듯 '악신의 파편'이 '가상 우주'의 힘에 반응했다.

[아포피스의 화신]

저절로 스킬이 발현되었다.

이해할 수 없는 현상이었다.

버그인가?

"죽어라! 버러지 같은 녀석!"

광선들이 꽈배기처럼 뒤엉키며 스크류 회전을 시작했다.

그 끝에 상상을 불허하는 힘이 압축되었다.

크아아아아!

그 순간이었다.

어느샌가 눈앞에 새까만 등판이 나타났다.

세 쌍의 피막 날개가 넓게 펼쳐졌다.

그 사이로 보이는 허리는 뼈마디가 보일 정도로 앙상했지만 왠지 모르게 단단해 보였다.

아이러니했다.

동시에,

"크윽!"

전신에서 힘이 흘러넘치기 시작했다. 능력치가 상승했다는, 속성 저항력과 공격력이 상승했다는 알림이 잇달아 들려왔다.

머리가 아팠다.

'악신의 파편'이 크게 요동쳤다.

-죽이거라, 아이야.

머릿속에서 불길한 목소리가 들렸다. 마치 뱀이 속삭이는 것 같았다.

끼야아아아아앗!

'이차원의 악마'가 괴성을 내질렀다. 우주를 떠도는 암흑이 악마를 휘감았다.

"같잖은 수를 쓰는구나!"

아즈마탄이 다음 공격을 준비했다. 아직 첫 번째 공격이 닿지 않았는데도.

"부숴 버려!"

'이차원의 악마'가 주먹을 와락 쥐었다.

일단은 초월급 스킬이니 악마의 능력은 아마 엄청날 것이다. 하지만 아즈마탄이 보인 능력은 나의 힘을 한참이나 상회했다. 초월급이어도 시전자의 역량에 구애받으니 한계가 명백하다.

그래서 나도 나섰다.

'이 힘을 믿는 수밖에.'

'아포피스의 화신'.

신화시대를 유린했던 악신의 힘을 일부 허락받는 스킬.

거기서 끝내지 않고,

[패격 엑스칼]

초월의 힘이 담긴 성검을 소환했다.

파지직- 악신의 힘이 성검을 옭아맸다. 황금빛 검신이 찰나지간 검은색으로 뒤덮였다.

엑스칼이 타락했다!

'엄청난 힘.'

이 힘이라면…….

아니, 웃기지도 않은 발상이다.

게임은 레벨의 간극을 넘어서기 어렵고, 상대가 레이드급 몬스터라면 가당찮은 희망일 뿐이다.

'도망치는 데 주력한다.'

잡으려면 잡을 수 있다.

세 개 존재하는 사왕의 소환권을 사용한다면, 아즈마탄 따위야.

"우리도 돕는다!"

"혼자서는 불가능해!"

그때 동료들이 각자의 힘을 일으키며 양옆에 도열했다.

굳이 말리지 않았다.

한 사람의 힘이라도 더 절실한 지금이었다.

"쓰러트린다가 아니라 도망친다가 목표다. 다들 알겠지?"

모두가 고개를 끄덕였다.

현 상황이 얼마나 심각한지 다들 잘 알고 있었다.

일이 꼬일 대로 꼬였다.

어쩌면 회귀했을 때부터 이리 될 운명이었던 걸지도 모른다.

'죽이는 것도 괜찮을지도.'

그런 충동도 들었지만,

"간다!"

'이차원의 악마'가 휘몰아치는 광선을 후려쳤다.

타락한 성검과 마검을 양손에 쥐고 힘을 보탰다.

동료들 역시 마찬가지였다.

과연 엄청난 위력이었다. 만약 나 혼자였다면 절대 막아내지 못했을 것이다.

"으랍!"

총 6명의 힘이 한데 묶여 스크류 회전을 하는 광선을 파훼했다.

빛의 입자가 아름다운 효과처럼 허공에 넓게 퍼졌다.

아즈마탄이 조소했다.

"안일하다."

두 번째 힘이 폭발했다.

아즈마탄의 두 눈에서 시뻘건 광채가 줄기차게 뿜어져 나왔다.

그 힘을 누구보다 잘 알고 있었다.

"오랜 시간 끝에 드디어 완성해 낸 힘이로다."

"대체 어떻게?"

이해할 수 없었다.

"오델론이 흥미로운 눈으로 상대를 주시합니다."
저 힘은 목숨을 하찮게 여겨 힘을 갈구하는 자들의 것.
바로 '광전사'의 힘이었다.

✠ ✠ ✠

그러고 보면 전생에 해소되지 않은 떡밥이 몇 가지 있었다.
그중 하나가 처음과 두 번째 메인 스트림의 주 콘셉트였던 버서크 모드였다.
초반부 메인 빌런인 키리코는 광폭했지만 버서크 모드는 사용하지 않았다.
그는 키메라였고, 온갖 해괴한 생물로 이루어진 끔찍한 괴물이었다.
그 이후로 버서크 모드는 거짓말처럼 묻혀 사라졌다.
많은 이들의 의문을 제기했지만 시원스러운 답변은 나오지 않았다.
몇몇 이들이 그럴듯한 추측을 내놓았다.

'누군가 먼저 그 부분을 해결했지만 공개하지 않은 것이다.'
'AI들이 사람과 크게 다르지 않은 만큼 여러 인과 관계로 인해 우리가 모르게 처리되었을 수도 있다.'

타당한 의견들이었다.

홀리 가디언은 비단 유저들에게만 자유를 보장하는 세계가 아니다.

비록 제약이 많다지만 계기만 있다면 NPC들 역시 자유롭게 세상을 누빌 수 있었다.

'하지만 저자가 어떻게?'

아니, 그건 문제가 아니다.

누군들 무슨 상관일까.

키리코는 바벨토라니아 소속이었고, 아즈마탄은 그곳의 수장이다.

문제는 완성되려면 멀었던 버서크 모드가 어떻게 완성 됐냐는 거다.

'키리코는 죽었는데.'

되살아나는 건 불가능했다.

바벨토라니아의 과학자들은 미쳤지만 굉장한 천재들이다.

하지만 부활의 수법은 과학의 영역이 아니었다.

"이 힘은 광폭하다. 그리고 생명력을 갉아먹는 치명적인 단점이 있지."

붉은 빛깔이 감도는 광폭한 기운을 아즈마탄이 손가락으로 배배 꼬았다.

"하지만 그 단점을 보완할 수만 있다면 천하무적이나 다름없다."

아즈마탄이 자신의 셔츠를 풀어 헤쳤다. 가장 먼저 보인 것은 탄탄한 근육질 상체였고, 다음 보인 것은 심장에 박힌

묘한 기계 장치였다.

"공기 중의 마력을 주입해 생명력을 끊임없이 공급한다. 완성품이 아니라 배터리를 꾸준히 갈아 줘야 하지만, 그것만 해결된다면 나는 무적이다!"

끼오오오옷!

'이차원의 악마'가 빛살처럼 아즈마탄에게 돌진했다.

마치 검은 유성우 같았다.

아즈마탄의 눈에 불길이 일었다.

"본래라면 강대했을 이계의 악마로군."

놈이 두 주먹을 말아 쥐었다.

동료들에게 외쳤다.

"지금부터 당장 이 자리를 뜬다!"

콰아아아앙!

아즈마탄의 주먹과 악마의 주먹이 허공에서 격돌했다.

파직! 악마의 주먹에 균열이 벌어졌다.

구경할 때가 아니다.

"가이덴!"

"네, 네!"

가이덴이 용사의 힘을 개방했다.

뒤로 커다란 포탈이 만들어지기 시작했다.

이 역시 용사와 어울리지 않는 도주형 워프 포탈.

그렇지만 지금만큼은 가장 적절한 스킬이 아닌가 싶다.

문제가 있다면,

"1, 1분은 걸려요!"

딜레이가 있다는 것.

1분이라면 길지 않지만 지금 같은 상황에선 끝나지 않는 억겁의 시간과 같다.

"최대한 막는다!"

최고의 방어는 공격이라고 누군가 말했던가.

화신의 힘이 유지되고 있는 이상 가만히 있는 건 낭비다.

'이차원의 악마'가 무너지기 전에 힘을 보내 1분이란 시간을 버티는 것이 낫다.

"파이크와 쵸파는 여기에 남아 혹시 모를 사태에서 가이덴을 지켜!"

땅을 박차고 아즈마탄에게 향했다.

나머지 인원이 뒤를 쫓았다.

아차롱이 나와 넥티스에게 버프를 걸어 주었다.

버프보단 디버프가 주력인 그녀였지만 어느 정도 버프기도 사용해 충분히 능력치 상승에 도움이 되었다.

"넥티스는 엄호 위주로, 아차롱은 최대한 놈을 약화시켜."

대답도 듣지 않고 몸을 날렸다.

"사지로 걸어왔구나."

쾅!

악마의 몸뚱이가 뭉개졌다.

번개화와 번개의 길을 동시에 전개했다.

"빠르군."

'악신의 파편'이 검은 궤적을 그리며 아즈마탄의 목을 노렸다.

아즈마탄은 평범하게 팔을 들어 올렸다.

따앙- 쇳덩이를 때린 느낌이었다.

손이 저려 왔다.

"해야 할 일이 많으니 빨리 치워 주지."

커다란 주먹이 얼굴을 향해 날아왔다.

샤라락- 묘하게 찌르는 듯한 소리였다.

"음?"

수십 갈래의 채찍이 아즈마탄의 팔을 꽁꽁 묶었다.

채찍 하나하나에 뾰족한 가시가 세기 어려울 정도로 많이 돋아나 있었다.

[리히트 블레이드]

빛의 검이 솟구쳤다.

엑스칼과 마찬가지로 악신의 힘이 순식간에 오염되었다.

검을 내질렀다.

"그 힘은!"

아즈마탄의 눈에 이채가 스쳤다.

녀석이 우악스러운 손으로 칼날을 움켜쥐었다.

성스러운 빛이 아즈마탄의 머리 위로 떨어졌다.

칼날을 쥔 손이 살짝 풀렸다.

"지금이에요!"

아차롱이 소리쳤다.

디버프 스킬을 사용한 모양이었다.

발로 가슴팍을 밀어냈다.

묵직한 것이 바위를 밀어내는 것 같았다.

꺄아아앗!

악마가 아즈마탄의 얼굴에 주먹을 꽂았다. 그것도 한 번이 아니라 연달아 꽂아 넣었다.

빡빡거리는 소리가 시원하게 울려 퍼졌다.

칼날을 쥔 손을 뿌리쳤다.

[리히트 소일레]

빛의 기둥이 아즈마탄을 집어삼켰다.

사용할 수 있는 모든 스킬을 총동원했다.

모순점의 힘으로 HP, MP, SP를 골고루 분배했다.

마르지 않는 샘과 같다.

'경시되는 생명'의 힘으로 공격력은 실시간으로 증폭되었다.

"…네놈."

아즈마탄이 눈빛을 번뜩였다.

"그분의 후예로구나."

광전사의 힘을 얻은 아즈마탄은 필연적으로 오델론을 알 수밖에 없다.

"가소로워 보였겠군."

이것은 피해 의식이었다.

광전사의 힘은 오델론의 힘을 모방한 것에 지나지 않는다.

단점을 보완한다고 해도 아류에서 벗어나지 못한다.

"그렇다면 널 죽이고 내가……."

피의 힘이 폭주했다.

"취하리라."

"완성됐어요!"

동시에 가이덴의 외침이 들려왔다.

넥티스와 아차롱에게 눈빛을 보냈다.

그들이 걱정스러운 시선을 보냈지만 괜찮다고 고개를 끄덕여 주었다.

"야."

아즈마탄을 보았다.

광전사의 힘을 얻은 과학자가 악마의 두개골을 바스러트렸다.

초월급 스킬로 현현했지만 시전자가 못나 한참이나 나약하게 소환하고 말았다.

내 부름에 아즈마탄이 시선을 보냈다.

"무슨 개소리를 하고 앉았어?"

'악신의 파편'을 들어 올렸다.

'우주의 공포'가 칠흑 같은 힘을 분출하기 시작했다.

"과몰입은 여기까지 하고."

이제는 벗어날 때다.

"다음에 보자고."

이곳은 지하라 태양이 없지만 애초에 스킬은 그런 걸 따지지 않는다.

"이건?"

끈적한 어둠이 내려앉았다.

아즈마탄이 위를 올려다보았다.

새빨간 점들이 활활 타오르며 이곳으로 낙하하고 있다.

그것들은 가까워질수록 점차 확대되었고, 이윽고 그 정체를 완전히 드러냈다.

"허허!"

유성우였다.

✠ ✠ ✠

"지랄하지 마!"

호조가 책상을 들어 엎었다.

콰당탕탕!

책상이 넘어지며 위에 올려졌던 것들이 요란하게 바닥을 나뒹굴었다.

간부들은 입을 다물고 그의 눈치만 살폈다.

"당해? 알딘한테? 어떻게 준비했는데! 쥐도 새도 모르게, 절대 노출이 안 되게 준비한 건데!"

호조의 두 눈에 핏기가 돋았다.

잔뜩 흥분한 그는 평소와 전혀 달랐다. 새빨개진 얼굴은 언제 터져도 이상하지 않아 보였다.

"다시, 내가 알아들을 수 있도록 똑똑히! 말해 봐."

"아, 알겠습니다."

처음 호조에게 메인 스트림의 소문을 알린 청년 아이잭이었다.

그는 안경을 고쳐 쓰며 준비해 온 보고서를 보았다.

"어제 오후 3시경, '흑룡'의 알딘이 바벨토라니아와 악마종의 회동 장소로 향하던 '마우스 티스'의 정예를 급습했답니다."

"계속해."

"결과는 몰살……. 남아 있던 인원들은 사건 직후 '마우스 티스'의 대장 미키에게 연락을 듣고 바로 회동 장소로 향했으나……."

아이잭이 마른침을 삼키며 호조를 보았다.

귀화가 일렁이는 눈은 당장이라도 자신의 목덜미를 물어뜯을 것 같았다.

아랫입술을 깨물었다.

보고서로 하관을 가리고 문장의 끝을 마무리했다.

"산의 내부에서 시작된 거대한 폭발에 휘말려 전멸… 했습니다."

쾨각!

간부들이 앉은 타원형 탁자 위로 주먹이 꽂혔다.

주먹과 팔 자국이 고스란히 남나 싶더니 두 토막으로 갈라져 무너졌다.

"어떻게 뚫은 루트인데!"

모든 루트를 '흑룡'이 차지했다.

그럴 수 있었다.

알딘은 여태껏 메인 스트림의 중심 자리를 놓치지 않았다.

그러니 남들보다 빠른 거라 여겼다. 그 정도였다. 위기감이랄 것까진 없었다.

길드의 힘을 이용해 강탈하면 되는 것이니까.

하지만 알딘이 '흑룡'의 출범을 알렸을 땐 호조는 여태껏 상상도 못한 위기를 느꼈다.

모든 계획을 철회하고 새로 짠 것도 그 때문이었다.

어렵게 어렵게 메인 스트림으로 진입할 수 있는 새로운 루트를 찾아냈다.

누구도 상상할 수 없었고, 위험천만한 모험이라 길드 차원에서 긴장할 수밖에 없었다.

잘만 한다면 알딘이 차지한 중심 자리를 뺏는 것도 불가능하지 않았다.

그리고 상황을 반전시킬 수 있는 동아줄을 붙잡았다.

대성공이 코앞이었다.

그랬어야 했다.

"또! 또! 또! 또!"

잔뜩 흥분해 입에서 침이 튄다.

걸쭉한 가래가 입술을 시작으로 턱에 달라붙었다.

"또 알딘이다!"

이젠 그 이름만 들어도 경기가 날 것 같다.

보고 싶지 않다.

듣고 싶지 않다.

정복 계획을 방해한 것도 모자라 메인 스트림에서까지 영향력을 키워 가는 '흑룡'을 쳐부수고 싶다.

발아래 꿇려 개처럼 짖게 만들고 싶다.

두 번 다시 홀리 가디언에 발을 못 붙이게 만들고 싶다.

호조가 고개를 들었다.

수많은 간부 중 단 한 명만이 그의 시선을 담담히 받아 냈다.

"아멜로스."

"네."

계획이 수정되기 전 중책을 맡았던 인물.

지금도 속을 알 수 없지만, 그렇기에 더 믿음직스러운 부하가 저곳에 서 있다.

"네가 해 줘야겠다. 아니, 너와 내가 해야 한다."

"전면전입니까?"

설명하지 않아도 한 번에 알아듣는다. 만족스러웠다.

호조가 고개를 끄덕였다.

"선언한다."

그가 좌중을 둘러봤다.

간부들이 긴장한 얼굴로 호조를 보았다.

"우리 '둠스데이'는 반드시 '흑룡'을 홀리 가디언에서 흔적조차 남기지 않고 지울 것이다."

씹어 뱉듯 호조가 입을 열었다.

"영원히!"

그 말과 동시에 회의장의 문이 열렸다. 간부들의 시선이 일제히 그곳으로 쏠렸다.
 그곳엔 전신이 활활 타오르는 사내가 서 있었다.
 그를 본 누군가가 경악에 찬 목소리로 외쳤다.
 "제로스!"
 유일한 알딘의 대항마가 등장했다.

✟ ✟ ✟

 우리는 도망치는 데 성공했다.
 마지막 공격이 나름 녀석의 발목을 붙잡는 데 성공한 모양이었다.
 혹시 금방 뒤쫓을까 두려워 정말 쉬지 않고 이동했다.
 "후우!"
 "이, 이, 이렇게까지……. 딸꾹! 힘들어도… 힘들어도 되는 거야?"
 아차롱이 손으로 땅을 짚고 연신 딸꾹질을 해 댔다.
 레벨을 생각하면 고작 달리는 것 정도로 지치기 쉽지 않다.
 한데 이 정도로 지친 건 정말 처음이었다. 처음으로 전심전력을 다해 달려 보았다.
 "조금 쉬자. 여기까지 왔으면 아즈마탄도 못 쫓아와."
 나는 근처 돌부리에 걸터앉았다.
 거의 시속 100킬로미터 정도로 달리지 않았을까 싶다.
 이미 카벡은 보이지 않을 정도였으니, 영 허황된 소린 아니리라.

"근데 대체 그놈이 널 어떻게 알아본 거야?"
숨을 고른 넥티스가 예리한 질문을 던졌다.
"음… 그게……."
바벨토라니아와의 관계를 길드원들에게 말한 적 없다.
말할 필요성을 못 느꼈다.
딱히 숨길 것도 아니어서 간략하게 설명해 주었다.
다들 얘기를 듣고 놀란 표정을 지었다.
"진짜 별의별……."
"실화야? 혼자서?"
"역시 알딘 씨네요. 세상에……."
"이런 괴물과 함께하고 있다니. 허허허!"
"쑥스럽게 그러지들 마라. 크흠!"
나는 민망함에 뒷머리를 긁적였다.
별개로 기분은 좋았다.
내가 생각해도 바벨토라니아에서 벌인 일들은 그 어떤 유저도 해내지 못할 업적이다.
괜히 얼굴이 벌게졌다.
그걸 본 파이크가 놀려 댔다.
"하하! 저기 봐! 우리 대장 부끄러워서 사망하시겠다. 사망하시겠어!"
"얌마!"
"좋긴 한가 봐?"
"크흠! 시끄러워. 지금 이런 얘기 할 때가 아니잖아."

"그럼 무슨 얘기 할 때인데요?"
"이것들이 골고루 돌아가면서!"
내가 버럭 소리치자 넥티스만 피식하고 나머지는 폭소했다.
그들을 보고 있자니 픽- 웃음이 나왔다.
"웃어라, 웃어. 그러면 된 거다~"
"갑자기 쿨한 척은."
"살짝 역겹네요."
"역겹다니!"
역겨운 건 조금 아니잖아!

휴식을 끝내고 모두 재정비에 들어갔다.
가장 먼저 준비를 끝낸 넥티스가 물었다.
"그보다 어쩔 거야?"
"생각 중이야."
주어를 생략했지만 그녀가 어떤 걸 묻는지 알고 있었다.
 우리는 메인 스트림 진행을 위해 카벡의 동쪽 산으로 향했다.
그런데 갑작스러운 변수로 인해 그 뒤의 일을 확인하지 못했다.
"제가 다시 갈까요?"
가이덴이 한 발짝 나서며 말했다.
확실히 이 중에서 가이덴만큼 재탐사에 능한 이는 없었다.
불안한 게 있다면 레벨이 너무 낮다는 것.

"남은 인원이 있을 수도 있어."

아즈마탄의 스타트 폭격이나 내가 마지막에 떨어트린 메테오 스트라이크 때문에라도 그럴 것 같지는 않지만.

"혹시라는 것도 있으니 혼자선 가지 마."

도리어 추가 병력을 데리고 왔을 수도 있다.

"그럼 내가 같이 갈게."

선뜻 나선 것은 넥티스였다.

의외였다. 매번 까칠하고, 남과 잘 섞이지 못하는 성격이라 절대 먼저 안 나설 줄 알았다.

다른 이들도 같은 생각이었는지 눈을 동그랗게 떴다.

"누, 누님이요?"

가이덴은 넥티스를 누님이라 불렀다. 그녀의 나이가 나와 같은 탓도 있지만, 일단 분위기부터가 누님이잖은가.

거기다 예쁘기까지 하니 가이덴의 입장에서 친해지지 않을 이유가 없었다.

그래서 특유의 친화력으로 누님 누님 하며 다가갔다가…….

"왜? 싫어?"

"하하……. 시, 싫다니요. 저야 좋죠."

호되게 한 번 혼난 적 있었다.

그게 불과 보름 전의 일이었다.

나는 가이덴을 보며 혀를 찼다.

쯧쯧! 저러니까 여자한테 인기가 없지.

"넥티스라면 믿고 맡길 수 있겠지. 그래도 조심해. 놈들은 현재 유저들 수준으로 감당하기 벅차니까."
"걱정 마."
넥티스는 시크하게 대답하고 가이덴에게 포탈을 만들라 지시했다.
일단 한시름 돌렸다.
그때였다.
"알딘."
누군가 나를 불렀다.
목소리가 들린 방향을 보니 한 남자가 그늘진 나무 밑에 서 있었다. 지금까지 여러 번 본 적 있어 그리 놀랍진 않았다.
"잠깐만."
"누, 누구예요?"
"소리 소문 없이……!"
별개로 동료들은 상당히 놀란 눈치였다. 쥐도 새도 모르게 나타났으니 그럴 만했다.
"내 손님이야."
"개 풀 뜯어 먹는 소리 하지 말고!"
파이크가 어처구니없다는 듯 항변했지만,
"갔다 올게."
가볍게 무시했다.
나무 밑에 도착하자 남자가 나를 빤히 보았다.
"얼굴에 뭐라도 묻었어?"
"아니다. 이걸 받아라."

남자가 봉투를 건넸다. 봉투는 평소보다 빵빵했다.
"이게 다 '정보'인가?"
"대부분 불과 몇 시간 전에 있었던 일을 요약해 놓은 것이다. 그럼 난 가지."
남자, '기울어진 저울추'의 정보원은 그렇게 그림자 속으로 사라졌다.
바로 봉투를 뜯어 내용물을 확인했다.
빼곡하게 적혀 있는 정보가 산더미 같았다.
그때 동료들이 내게 다가왔다.
"갔어?"
"대체 누구였던 거야?"
"정보원이야, 정보원."
"정보원?"
아차롱이 내 어깨 뒤에서 고개를 들이밀었다.
종이 위로 검은 그림자가 드리웠다.
그녀의 얼굴을 밀어냈다.
"그래. 내 전담 정보원."
"그런 것도 있었어?"
"한 달 조금 넘었어."
도중에 한 번 의뢰 내용을 수정하긴 했지만.
나는 순식간에 '둠스데이' 관련 정보를 다 읽었다.
동료들이 자기들도 보고 싶다 했지만, 이런 비밀 정보는 여럿이서 공유하는 게 아니다.

승부를 보자 • 239

번갯불을 일으켜 종이를 단숨에 태웠다.

"으아아앗! 우리도 보여 달라니까!"

"이것만큼은 안 돼."

그들을 못 믿어서가 아니다.

내가 아는 아멜로스라면,

'내 측근들에게도 사람을 붙일 놈이야.'

지난 한 달간 놈이 내게 붙여 놓은 사람만 한둘이 아니었다.

모두 떼어 내는 데 꽤나 애먹었다.

이 방식은 전생에서부터 아멜로스가 자주 애용하던 것이었다.

이들에게 사람이 안 붙었을 거라 확신하는 건 멍청한 짓이다.

"걱정하지 마. 다 알게 될 테니까."

머지않아 궁금하지 않아도 억지로 알게 될 것이다.

'이제 진짜 제대로 해 보자, 이거지?'

나도 바라는 바다.

준비는 한 달 동안 열심히 했다.

이용할 것도 많고, 승리를 위한 안배는 깔 수 있는 만큼 다 깔아 놓았다.

'전면전이라……'

복귀하는 즉시 모두에게 알려 소집을 시작해야 한다.

입꼬리가 저절로 비틀려 올라간다.

제로스는 '둠스데이' 본부를 걷고 있었다. 많은 사람이 있는 장소를 선호하지 않지만 방 안에만 있기엔 너무 따분했다.

또 왜인지 모두가 자신을 피했다.

그래서 조용히 돌아다닐 수 있었다.

"괜찮군."

일전의 본부보다 훨씬 커졌다.

이 정도면 어지간한 궁전 못지않았다.

호조는 나라라도 세울 작정인가?

조직의 윗대가리들이라면 그런 걸 원할 수도 있겠다.

'하긴 홀리 가디언의 길드들을 통합하려는 것부터가.'

미친 발상이다.

'둠스데이'의 기초를 다지는 데만 천문학적인 돈이 들어갔다.

그리고 기반을 다지는 데 또 천문학적인 돈이, 그 이후로 세를 불리는 데 역시 천문학적인 돈이.

모든 게 유희 비용이었다.

아무리 돈이 썩어 넘쳐 난다지만 이건 미친 짓거리다.

생각해 보면 자신 또한 그들의 유희거리에 지나지 않았다.

걸치고 있는 갑옷과 사냥터에 대한 정보 등…….

'모두 그들의 주머니에서 나왔지.'

뭘 원하는지 모른다.

알고 싶지도 않았다.

돈만 따박따박 준다면 이런 삶도 나쁘지 않았다.

무엇보다 '리벤지'할 수 있게 되었다.

'두 번의 패배.'

제로스가 답지 않게 웃었다.

처음 패배했을 땐 미친 듯이 화가 났고, 두 번째엔 분노 대신 강한 라이벌 의식을 갖게 되었다.

세 번째는 과연 어떨까?

그날 이후로 몇 달의 시간이 흘렀다. 밤을 새며 사냥에만 몰두했고, 수많은 스킬과 아이템을 획득했다.

자신할 수 있었다.

지금이라면 모든 능력 면에서 알딘을 압도할 수 있다.

'반신의 힘이 거슬리지만.'

그건 실력으로 메우면 된다.

알딘의 무서운 점은 알 수 없는 힘이었지, 피지컬이 아니었다.

일반인보다 뛰어날지언정 현실의 전장을 나뒹군 제로스에 비할 바가 아니다.

적어도 제로스는 그렇게 생각했다.

아마 알딘 역시 비슷하게 생각할 것이다.

그러나 게임은 피지컬로만 하는 게 아니다. 그래서 두 번이나 패했던 것이고.

뿌우우우우!

그 순간 밖에서 뿔피리 부는 소리가 들렸다.

"하하하!"

제로스가 작게 웃었다.

'흑룡'과의 본격적인 전쟁이 지금 막 시작되었다.

제70장

아멜로스

광전사가 죽지 않아!

첫 교전은 생각보다 빨랐다.

양측의 준비가 다 끝나기도 전, '둠스데이'가 선공을 취했다.

준비가 덜 됐다 해도 기습하는 쪽은 언제나 유리하다.

"개자식들!"

'흑룡'의 길드원 하벨은 몰려오는 적 길드원들을 막아 내며 욕지기를 내뱉었다.

하벨은 상위 랭커로 홀리 가디언에서도 나름 입지전적인 인물이었다. 또한 평범한 유저 몇이 덤빈다고 무너지지 않을 정도로 강했다.

그러나 그것도 상대가 개미 떼만큼 많으면 의미가 없었다.

"다들 후퇴해!"

그는 휘하 부하들에게 명령하며 몰려드는 적을 벴다.

아멜로스 • 245

끝이 없다. 이대로 있다간 밟혀 죽어도 이상하지 않다.
하벨이 이를 악물었다.
'이곳을 대체 어떻게 알았지?'
하벨은 현재 알딘의 명령으로 카이테란 지역에 와 있었다.
카이테는 이미 공개됐지만 사람의 발길이 거의 닿지 않는 곳으로 메인 스트림의 전조가 흐르는 곳이었다.
그 사실을 알고 있는 건 알딘과 자신을 제외한 간부 몇몇이 끝이다.
'둠스데이'와 내통하고 있는 자가 있는 건가?
'그건 아닐 텐데.'
첩자가 있었다면 지금 시기를 노렸을 리가 없다.
이유는 간단했다.
하벨과 길드원들은 아직 카이테에서 알아낸 게 없기 때문이었다. 그들 역시 이곳에 도착한 지 고작 이틀밖에 지나지 않았다.
첩자였다면 차라리 더 기다렸다가 그들이 뭔가를 얻어내는 시점에 뒤통수를 쳤을 것이다.
'위치가 들킨 건가?'
지금으로선 그게 가장 가능성이 높다.
"여기가 네놈의 무덤이다!"
적 길드원이 징그럽게 웃으며 뛰어들었다.
연검이 허공에서 찰랑거렸다.
놈이 팔을 휘젓자 연검이 채찍처럼 사방팔방으로 휘었다.
궤도가 변칙적이라 날아오는 방향을 예측할 수 없다.

하벨이 눈을 반개했다.
"같잖은."
하벨의 검이 흑녹색으로 물들었다.
그의 클래스는 '독검'.
보다시피 히든 클래스였고, 독을 사용하는 검사였다.
하벨이 눈을 부릅뜨자 사방으로 독무가 펼쳐졌다.
"독검 하벨!"
연검의 주인이 입을 가리며 연검을 회수했다.
그러곤 뒤로 펄쩍 뛰었다.
하벨은 그 순간을 놓치지 않았다.
성공적으로 후퇴하려면 연검을 죽여야 한다.
거기까지 생각이 닿는 순간 벼락처럼 그의 신형이 쏘아졌다.
흑녹색의 궤적이 허공을 갈랐다.
모든 걸 녹여 버리는 산성 독이 물감처럼 허공에 펼쳐졌다.
연검의 주인이 연검을 휘둘러 날카로운 바람을 뿜었지만 독은 그조차 뚫고 기어코 상대의 몸을 녹여 버렸다.
"끄아아악!"
"피해를 최소화한다! 살기 힘들 것 같으면 동료를 위해 희생해라!"
명령이 떨어지자 도망이 힘든 길드원들이 적 길드원들을 향해 몸을 던졌다.
그중엔 하벨도 있었다.

✟ ✟ ✟

"그렇게 나왔다, 이거지."
하벨 쪽이 급습당했단 소식을 들었다.
예상보다 빨랐지만 별로 당황스럽진 않았다.
이 방식은 아멜로스가 가장 애용하는 방식이다.
그리고 이 방식을 사용했다는 것은,
"꽤 오래 준비했구나."
최소 한 달 이상.
길드가 정식으로 출범한 지 이제 한 달인데, 준비는 그 이전부터 했다. 말이 안 되지만 아멜로스라면 충분히 그럴 수 있었다.
상위 랭커라면 이미 사람이 붙어 일거수일투족을 감시당했을 테니까.
"개자식들! 바로 본진을 쳐 버리자고!"
"성급한 소리 하지 마. 전쟁이 애들 장난도 아니고."
"그럼 이렇게 당한 채로 있자고?"
"어휴, 이 머저리야. 설마 당한 채로 있겠냐? 생각이 다 있겠지."
투닥이는 두 사람은 앤시와 샤렌이었다.
둘은 하위 랭커로 출범한 지 얼마 안 됐을 때 내가 직접 영입한 길드원들이었다.
앤시는 상당히 성급한 성격이었는데, 샤렌이 그녀를 많이 억제해 주었다.
 덕분에 내가 피곤한 건 조금 줄었다.
 "한 대 맞았으면 되돌려 줘야지."
 이번에 말을 꺼낸 것은 메제스였다.
 '흑룡'의 한 축을 담당하는 만큼 그의 발언권은 꽤 강했다. 모두가 그의 말에 집중했다.
 "알딘, 우리에게 맡겨라."
 메제스가 이끄는 '울트론'은 한 달 사이에 급격한 발전을 이루었다. 지금은 '군단'과 비교해도 크게 밀리지 않을 것이다.
 그래서 더 안 된다.
 "안 돼. '군단'이 그쪽에 붙은 거 알고 있잖아."
 '둠스데이'와 '군단'은 같은 태생이다.
 힘을 합쳐야 한다면 '군단'은 어느 때고 '둠스데이'에게 힘을 빌려줄 것이다.
 "너는 '군단'을 견제해야 해."
 한국 길드 랭킹 1위인 '군단'은 절대 무시하지 못한다. 만약 견제가 멈춘다면 놈들은 득달같이 '흑룡'을 물어뜯으려 할 것이다.
 가장 제격은,
 "셰인, 부탁합니다."
 "알겠습니다."
 '소천마'의 주인 셰인이다.
 일단 '흑룡'을 이루는 여러 길드 중 가장 강한 곳은 단연코

'소천마'였다.

그들의 전투력은 내가 생각하던 것을 한참 초월했다.

셰인부터가 천마신공을 전수받았고, 휘하 길드원들 역시 동방에서 무공을 배워 왔다.

기습에도 가장 대처가 수월할 터.

"그리고 하폰."

"말해."

하폰은 평소처럼 온통 검은 것으로 몸을 칭칭 감고 있었다.

"네겐 특별히 부탁할 게 있다."

"할 수 있는 일이라면."

'블랙 나이프'가 해 줘야 할 것은 명확하다.

"암살."

회의실에 있는 모두가 살짝 놀란 모양이었다.

이들이 왜 놀라는지 이해가 안 갔다.

전쟁에서 암살은 비일비재하다.

성공 확률이 극히 낮아서 그렇지.

"누구를 암살하면 되지?"

다른 이들과 달리 하폰은 담담했다.

'블랙 나이프'는 암살 전문 길드는 아니지만 어둠에서 암약하는 곳이다.

무엇보다 예상을 한 모양이었다.

그도 그럴 게 내가 부탁을 강조까지 했다.

그에게 암살 대상의 이름을 말해 주었다.

"아멜로스다. 단 하루, 놈을 이곳에서 완전히 지워 줘야만 해."

✠ ✠ ✠

아멜로스의 앞엔 커다란 마마야루 대륙 지도가 펼쳐져 있었다. 그 위엔 '둠스데이'의 깃발과 '흑룡'의 깃발이 곳곳에 세워져 있었다.

"일단 여기부터 치워야겠어. 그래야 좀 수월하겠군."

아멜로스가 북서 방향에 놓인 '둠스데이'의 깃발을 들어 강을 끼고 있는 도시 위에 올려진 '흑룡'의 깃발을 툭 치웠다.

강을 낀 이 도시는 중부와 연결된 커다란 대로와 이어진 곳이다. 동시에 뒤에는 강, 양옆에는 거대한 산이 있어 적 습도 수월히 막아 낼 수 있다.

"'흑룡'의 세력은 남서부에서 동남부까진가. 흠, 동부도 잘하면……."

아직 공개되지 않았지만 '소천마'의 존재를 아는 아멜로스는 동방을 아예 무시할 수 없었다.

"이러나저러나 이 라인에 쫙 있군."

생각보다 뚫는 건 쉽지 않겠다.

그리고 현실의 전쟁을 생각하면 안 된다.

플레이어들의 전쟁이다. 진짜 목숨을 잃는 게 아니니 죽음을 두려워하지 않는다.

아멜로스 • 251

승리를 거두고 땅을 차지했다고 진짜 길드의 땅이 되는 것도 아니고, 되살아난 적 길드가 역으로 공격해 올 것이다.

"재밌어."

아멜로스가 '둠스데이'의 깃발을 사정없이 움직였다.

그럴 때마다 '흑룡'은 사정없이 밀렸다.

어떤 것은 2개의 깃발이 합심했고, 어떤 것은 하나의 깃발로 2개의 깃발을 허물었다.

놀이를 하는 것처럼 아멜로스는 턱을 괸 채 깃발만 움직였다.

"으음……."

그러곤 깃발을 싹 다 옆으로 밀어냈다.

플라스틱 쪼가리들이 바닥을 뒹구는 소리가 넓지 않은 방에 울려 퍼졌다.

"그가 있는 한 의미가 없군."

알딘. 그자가 있는 이상 온갖 계획을 짜더라도 실행하기 힘들다.

우스운 일이었다. 한 사람에 불과할진대, 그 힘은 수백 명을 멈칫하게 만들 정도니.

"그래서 더 좋은 거지만."

아멜로스의 입꼬리가 비틀려 올라갔다.

그를 꺾는다면 그 희열을 과연 감당할 수 있을까?

상상하는 것만으로 전율이 일었다.

"제로스라는 패가 있긴 하지만."

그 역시 최강을 논해도 좋을 강자다.

하지만 이미 패배한 전적이 있었다. 당사자들과 자신을 제외하면 아무도 모르는 정보였다.

이번에 보니 그때보다 훨씬 강해지긴 했다.

단독으로 운용해도 막을 수 있는 길드는 그리 많아 보이지 않는다.

"차라리 제로스를 이용해서 알딘을……."

그건 너무 멋이 없다.

일단 제로스가 수용할지가 의문이다.

자존심 강한 그가 알딘을 여럿이서 공격하란 명령을 들을 리 없다.

애초에 호조와 상하 관계가 아니었다. 그는 호조의 간절한 부탁으로 한 손 거들러 왔을 뿐이다.

많은 것을 바라면 안 된다.

"이토록 대단하니, 골치가 아프단 말이야."

말과 달리 얼굴은 웃고 있는 아멜로스.

그때 누군가 문을 두들겼다.

"안에 있나?"

피타였다.

"들어와."

"실례하지."

피타가 문을 열고 성큼성큼 다가왔다.

한 달 전, 북유럽 연합과의 전쟁에 기습적으로 참전했다가 랭킹 2위 빠삐루스에게 패배하여 폐관 수련에 들어갔던 그였다.

"성과는 좀 있었나?"

"보다시피."

피타의 전신에서 강렬한 투기가 들끓었다.

한 달 동안 속세에서 벗어나 쉬지 않고 레벨만 올렸다. 그것도 그가 가야 할 곳보다 평균 레벨이 20이나 더 높은 곳이었다.

'레벨을 꽤나 많이 올렸군.'

지금 당장 써먹어도 좋을 지경이다.

아멜로스의 눈이 크게 떠졌다.

좋은 생각이 났다.

"피타, 네가 해 줘야 할 게 있다."

"뭐든지."

"한 번 죽는다 생각하고."

아멜로스의 눈이 길게 찢어졌다.

"'흑룡'의 본거지를 크게 휘저어 줘."

✠ ✠ ✠

〈피타가 폐관 수련을 끝내고 '둠스데이'의 본거지로 복귀했다.〉

새로 날아든 정보였다.

저번 달 이맘쯤에 피타의 폐관 수련 소식을 들었다.

자신의 수준보다 높은 사냥터에서 미친 듯이 레벨을 올린다고 했다.

"얼마나 올랐는지는 모르겠지."

맡긴 정보 길드가 NPC들로만 이루어졌다 보니 레벨에 대해선 알 수 없다.

이 부분이 조금 아쉬웠다.

"이 녀석도 전략 병기 수준이긴 하지."

기본적으로 피지컬이 좋은 놈이라 맞붙으면 상당히 피곤해진다. 전선에 나선다면 확실히 위협이 될 만한 적.

하지만 별다른 걱정은 없었다.

놈은 이미 빠삐루스에게 한 번 잡힌 전적이 있었다.

그것도 여럿이서 덤볐다가 무참히 개발렸다.

"이건 나중에 생각해도 되고."

일단은 하던 게 있으니 이것부터 마무리하자.

내 앞엔 마마야루 대륙 지도가 놓여 있었다.

안타깝지만 '둠스데이'의 기습이 성공한 이상 분명히 기세를 타고 다시 공격해 올 것이다.

그 시작점이 어디일까?

아멜로스라면 과연 어디를 노릴까?

"여기."

손가락으로 어느 한 부분을 가리켰다.

그곳은 강이 흐르고, 북서 방향에 위치해 있었으며, 뒤에는 강, 앞쪽엔 2개의 커다란 산을 끼고 있는 천혜의 요새였다.

'흑룡' 산하 '곤룡'이 관리하고 있는 땅이기도 했다.
"일단은 여기를 차지할 게 분명해."
놈의 시선으로 봐도, 내 시선으로 봐도 시작은 이곳이다. 큰 대로의 시작점이며, '흑룡'의 거점이 그 라인을 따라 줄줄이 소시지처럼 이어져 있다.
"하지만."
한번 틀어 보자.
나의 시선이 또 다른 곳으로 향했다.
멍청이가 아니라면 절대 노리지 않을 장소.
그러나 복잡한 변수를 생각했을 때 차라리 모험수를 던져도 좋을 장소.
문제는 복잡한 변수가 무엇이냐에 따라 결과가 달라진다.
아멜로스가 생각하는 복잡한 변수는 무엇일까?
곰곰이 생각해 보았다.
아멜로스를 오랫동안 지켜봤다. 무슨 생각을 하고 사는지는 모르겠지만, 놈이 결정을 내렸을 땐 좋든 싫든 치명적인 무언가가 발생했다.
피식 웃음이 나왔다.
왜 아멜로스가 이곳을 노릴 것 같은지, 그렇다면 이유는 무엇인지 알 것 같았다.
"바로 나 때문이잖아?"
'둠스데이'에게 있어 가장 위협적인 존재.
그리고 아멜로스의 계획을 몇 번이나 무산시킨 존재.

나밖에 없다.
그러니 아멜로스가 가장 처음 노릴 곳은 공교롭게도,
"내가 있는 곳이겠군."
나를 죽이든, 죽이지 못하든.
이곳을 휘젓는 것으로 스타트를 끊을 생각임이 분명하다.

✠ ✠ ✠

끈적이는 습기와 뿌연 안개가 자욱한 이름 모를 지하 동굴.
그곳에 하얀 가운을 걸친 과학자 10여 명이 모여 있었다.
바벨토라니아의 본거지에서 살아남은 과학자들이었다.
그 중심에 서 있던 아즈마탄이 입을 열었다.
"비록 악마들의 도움을 받지 못하게 됐지만 상관없다."
"악마족 말고는 마기를 공급할 수 있는 수단이 없습니다.
다른 생각이라도 있으십니까?"
두 눈이 움푹 파여 피곤해 보이는 과학자가 질문했다. 다른 과학자들이 그의 의견에 동조하는지 고개를 끄덕이며 아즈마탄에게 답을 촉구했다.
"대체품이야 존재하지 않나."
"대체품이라면… 인간의 생명력을 말씀하십니까?"
"그럼 최소 1만의 인간이 필요합니다. 그것도 산 제물이 필요하니, 대륙의 국가들이 저흴 가만둘 리 없습니다."
말이 1만이지, 당장 100여 명만 사라져도 국가 단위로 의심하고 수색을 시작한다.

1만 명이면 국가 간 협력을 통해 바벨토라니아의 존재를 알아채는 건 어렵지 않을 터.

그리되면 계획이고 자시고 도망자 신세에 불과하다.

"필요 없다."

"저희가 모자라 아즈마탄 님의 말씀을 이해 못하고 있습니다."

아즈마탄은 미치광이들만 모인 바벨토라니아에서도 존경받는 인물이었다. 개차반이라 소문난 키리코조차 그에게만큼은 존경을 표할 정도였다.

"지금은 죽고 없는 우리들의 자랑스러운 동포."

그 말에 과학자들이 고개를 갸웃거렸다.

서로가 서로를 미치광이라고 생각하는 판국에 자랑스러운 놈이 있을 리가.

아즈마탄이 좌중을 둘러보며 말을 이어 갔다.

"키리코가 남긴 유산이 많다."

키리코라는 이름에 모두가 인상을 찡그렸다가 유산이라는 말에 또 한 번 고개를 갸웃했다.

아즈마탄을 제외한 이곳의 모두가 키리코에게 좋은 감정을 품고 있지 않다.

개차반도 개차반이지만, 놈은 동료 의식이 전혀 없다. 다른 과학자들도 비슷하긴 하지만 적어도 동료를 실험체로 쓰진 않는다.

"무슨 유산입니까?"

눈이 움푹 파인 과학자가 그에 대해 묻자,

"1만 명의 인간에게서 추출한 영혼!"

과학자들이 웅성거리기 시작했다.

키리코의 평판과 달리 놈이 유능하단 사실은 부정할 수 없다. 직접 '굴레의 마왕'과 스폰서 계약까지 맺을 정도니, 아웃풋이 대단한 건 확실하다.

"이 계획은 원래 키리코가 짜 놓은 것이지만, 안타깝게 죽어 그 유지를 내가 잇겠다. 나만의 방식으로."

아즈마탄이 손가락을 튕겼다.

우우웅!

지하 동굴 전체가 크게 진동했다.

과학자들의 눈이 휘둥그레질 정도로 커졌다.

공간이 뒤틀리고, 천장의 종유석들이 먼지처럼 사라진다. 끝을 모르고 확장하는 공간에 누군가 낮게 탄성을 흘렸다.

그리고 그것들은 나타났다.

"우리는 대륙의 인간들에게 공포를 안겨 줄 것이다."

아즈마탄이 양팔을 펼쳤다.

그 뒤로 수만의 좀비가 아직 영혼이 주입되지 않은 상태로 모습을 드러냈다.

"오오오! 아즈마탄이시여!"

"아즈마탄이시여!"

"아즈마탄이시여!"

과학자들이 마치 신을 떠받들듯 아즈마탄의 이름을 부르짖기 시작했다.

아즈마탄은 흐뭇하게 웃었다.

그때였다. 어디선가 기묘한 감각이 그를 자극했다.

아즈마탄의 소매가 펄럭였다. 촉수 형태의 기계 장치 수백 개가 아공간에서 뿜어져 나왔다.

"튀어!"

콰아아앙!

무더기의 기계 촉수가 벽을 허물었다.

과학자들의 시선이 일제히 그곳으로 향했다.

"침입자다!"

"침입자를 잡아라!"

과학자들이 각자의 기술력을 자랑하듯 뽐냈다.

콰가가강!

엄청난 폭격이 기계 촉수가 닿은 방향으로 쏟아졌다.

✠ ✠ ✠

"우와아아악!"

"쳇!"

가이덴과 넥티스는 뒤에서 몰려오는 화염에 뒤도 안 돌아보고 질주했다.

"대체 어떻게 알아챈 거야?"

"안 들킬 거라면서?"

"그게 정상이라고요!"

콰가강!

폭발로 인해 돌 파편이 사방으로 비산했다.

두 사람은 뒤통수를 가렸다. 뒤통수부터 아킬레스건까지 안 따가운 곳이 없다.

"절대 모를 텐데?"

가이덴은 '절대 은신'이라는 용사 클래스 전용 스킬을 사용했다. 아직 맥스 레벨이 아니라서 이름처럼 절대적인 은신은 못해도 충분히 몸을 숨기는 건 어렵지 않았다.

실제로 과학자들의 회담을 한 시간가량 지켜보았다. 그런데 뜬금없이 들켰다.

마력은 충분했다.

'공간에 변화가 생기면서인가?'

놈들이 수작을 부렸는지 갑자기 공간이 끝없이 확장되며 셀 수 없을 정도로 많은 인간 형태의 괴물들이 나타났다.

그때 스킬이 발각된 모양이다.

"바깥이다!"

그 목소리에 가이덴이 정면을 보았다.

하얀빛이 사람 하나 지나갈 수 있는 작은 구멍에서 새어나오고 있었다.

넥티스가 채찍으로 가이덴의 허리를 감았다.

속도 자체는 가이덴이 빠르나 순간 속도만큼은 넥티스가

아멜로스

우월했다.

 그녀의 신형이 꽃처럼 화하나 싶더니 번쩍함과 동시에 수십 미터 앞으로 이동되었다.

 채찍에 묶여 있던 가이덴 또한 덩달아 이동했다.

 알딘의 '점멸'과 비슷한 스킬이었다.

 "포탈 열어!"

 채찍을 회수한 넥티스가 좁은 입구에 채찍을 휘둘렀다. 수십 갈래로 분열된 채찍이 입구를 타격하자 와르르 무너져 내렸다.

 혹시 몰라 땅에 손을 짚었다.

 [스템 월(Stem Wall)]

 텁텁한 황색 바닥이 울긋불긋 솟더니 거미줄 균열이 벌어지며 위로 솟구쳤다. 그 안에서 튀어나온 건 통나무만 한 굵직한 식물의 줄기들!

 넥티스는 전사 클래스지만 온갖 희귀 스킬을 잔뜩 섭렵한 히든 마니아였다.

 굵은 식물 줄기들이 입구를 막는 것도 모자라 안으로 파고들었다.

 "후아!"

 "완성됐어요!"

 때마침 가이덴의 포탈이 완성되었다.

 콰르르릉!

 입구 안쪽에서 벽력 소리가 우렁차게 터져 나왔다.

 줄기들이 삽시간에 불타올랐다.

넥티스는 가이덴의 손을 잡고 포탈 안으로 사라졌다.

직후 입구가 뚫리며 기괴한 형태를 한 과학자들이 튀어나오기 시작했다.

✧ ✧ ✧

"인간을 닮은 괴물들?"

(그래. 엄청 많았어.)

넥티스의 말에 나는 잠깐 정신이 멍해졌다.

아즈마탄이 세기 힘들 정도로 많은 괴물들을 공개했다. 그것도 인간을 닮았단다.

나는 충격을 받아 입술을 막은 채 잠깐 생각했다.

'앞당겨진 건가……'

아즈마탄은 본래 네 번째 메인 스트림에서 중간 보스 격으로 등장하는 놈이다.

키리코의 죽음이 바벨토라니아에 커다란 피해를 끼치자 세상을 지옥으로 만들겠다는 목표 하나만으로 움직였다.

놈은 막바지에 수많은 생명을 갈취하고 악마족과의 계약으로 끌어모은 마기를 모두 쏟아 만든 자신의 군단을 공개했다.

수만에 달하는 끔찍한 좀비 군단이 그것이었다.

심지어 평범한 좀비가 아니었다. 버서크 모드가 탑재된 끔찍한 재앙이었다.

많은 유저들이 그 전쟁에서 죽었고, 2개의 소국이 멸망했다.

'좀비 군단을 일으키기엔 연료가 부족할 텐데?'

마기든, 살아 있는 것의 생명이든.

현재 아즈마탄이 모을 수 있는 방법이 없다.

아니, 그걸 떠나서 전생에 좀비 군단과 싸웠던 유저들은 지금보다 훨씬 강했다.

그때에도 엄청난 피해가 있었는데, 이번엔 어떨지 감도 오지 않는다.

이게 다 키리코의 죽음이 불러온 여파였다.

(아무튼 일이 조금 커졌어. 그 괴물들이 전부 움직이면 고블린 때와는 비교하기 힘들 거야.)

첫 번째 메인 스트림에서 유저들은 엄청난 수의 고블린들과 싸웠다.

하지만 고블린들은 일부를 제외하면 약해 빠졌다.

아즈마탄의 좀비는 다르다.

'이왕 이렇게 된 거.'

전략적으로 사용하자.

원래 생각한 방식과는 많이 달라지긴 했지만 크게 보면 같은 결과를 만들어 낼 수 있다.

오히려 더 좋은 결과를 이끌어 낼 수 있을 것이다.

'잘될지는 모르겠지만 해 보는 데까지 해 봐야지.'

사정이 급한 '둠스데이'라면 반드시 물 것이다.

메인 스트림이라는 '미끼'를.

"네가 몇 명 추려서 그놈들의 위치를 꾸준히 파악해 줘."
(가이덴은?)
"계속 네가 데려다 써. 그놈 없으면 힘들 테니까."
(알겠어.)
"참."
(더 할 말이라도?)
넥티스에게 따로 지시를 내렸다.
얘기를 들은 그녀는 의아한 목소리로 반문했다.
(굳이 그럴 필요가 있을까?)
"괜찮아. 이용 가치가 있는 건 다 이용해야지. '둠스데이'는 만만한 적이 아니니까."
(네가 그렇다면야. 알겠어.)
통신이 끊겼다.
급박하게 전개되는 상황의 연속.
나는 희미한 미소를 그렸다.
조만간 끝이 보일 것 같다.
계획대로만 흘러간다면.
"가 볼까."
'악신의 파편'을 쥐었다.
콰앙!
본거지에서 멀지 않은 곳에서 커다란 폭발이 일었다.
커다란 창문을 열었다.
거친 들소 한 마리가 사정없이 날뛰고 있다.

하지만 걱정은 없다.
이미 예측을 했고, 준비까지 해 뒀으니.
"내가 네 머리 위에 있다."
신형이 먼지만 남긴 채 사라졌다.
그 자리에 꼬리처럼 늘어지는 목소리만이 맴돌았다.
아멜로스라고.

✠ ✠ ✠

"정말 대단해!"
벌떡 일어난 아멜로스가 환희에 찬 목소리로 외쳤다.
계획이 간파당했다. 그것도 모자라 역으로 당해 버렸다. 간파당할 거라 생각도 못했지만, 목숨을 아끼지 않고 날뛴 피타가 그리 쉽게 제압될 줄은 몰랐다.
"단순히 강한 것만이 아니란 말이지!"
생각해 보면 알딘은 항상 모든 걸 아는 것처럼 굴었다. 첫 번째, 두 번째 메인 스트림을 공략할 때라든가, 특별한 퀘스트 등을 진행할 때도.
정말 미래를 아는 게 아니라면 가히 천재적이라 할 수 있겠다.
"소름이 끼쳐. 아주 소름이 끼친다고."
누구보다 알딘을 잘 안다고 자신했다.
그도 그럴 게 반년도 넘게 그의 정보를 받아 본 아멜로스였다. 일거수일투족까진 아니더라도 그의 행보쯤은 눈 감고 읊을 수도 있었다.
   그래서 피타를 이용한 본거지 침공은 자신 있게 성공할 거라 생각했다.
"몇 수를 읽는 거야?"
   아멜로스는 처음 자신이 예정했던 강줄기를 낀 도시를 보았다.
   역시 이곳을 쳤어야 했을까?
   아니면 이곳도 치고 '흑룡'의 본거지도 쳤어야 했나?
   전력 분산이랄 것도 없었다. 둘 다 실행해도 손해는 아니었다.
   그런데 본거지만 공격한 이유는 간단했다.
   '알딘만 무력화시키면 모든 게 끝이었어.'
   굳이 여러 곳을 동시에 선제 타격 할 필요는 없다.
   머리만 딴다면 다른 곳이야 줄줄이 소시지행이었다.
"안일했구나."
인정할 수밖에.
알딘이 이 정도로 머리 꼭대기에 앉아 있을 줄은 몰랐다.
똑똑똑-
   그때 누군가 방문을 두드렸다.
"들어오세요."
방문이 열리고 들어온 이는 아이잭이었다.
   호조의 보좌관 격인 그는 성큼성큼 아멜로스의 앞으로 다가왔다.

"무슨 일이죠?"
"호조 님이 당신에게 드리라 했습니다."
"이건?"
"읽어 보시면 압니다."
아이잭은 그 꼬장꼬장한 무테안경을 고쳐 썼다.
아멜로스가 봉투 안에 든 서류를 꺼내 읽었다.
끝까지 다 읽은 그의 눈동자에 이채가 스쳐 지나갔다.
"그럼 이만."
"잠깐."
나가려는 아이잭을 불러 세웠다.
"뭡니까?"
"이 정보의 출처, 어딥니까?"
"당연히 '둠스데이'지요."
"그렇군요."
"싱겁군요. 그럼."
아이잭이 방 밖으로 사라졌다.
아멜로스는 가늘게 뜬 눈으로 서류를 빠르게 다시 읽었다.
그의 미간이 살짝 좁혀졌다.
'누군가 의도적으로 흘린… 정보잖아.'
서류엔 세 번째 메인 스트림의 정보가 상당히 디테일하게 적혀 있었다.
'둠스데이' 자체 정보 조직은 확실히 뛰어나다. 하지만 보지 않거나 듣지 않은 것까지 완벽하게 파악하진 못한다.

무엇보다 '둠스데이'가 알 만한 정보라면 아멜로스 자신 또한 알아야 했다. '둠스데이'의 정보력은 분명 자신의 밑이었으니까.

 이것은 그들이 알딘에 대해 얼마나 아는지에서 이미 판가름이 났다.

 "대체 뭐냐……. 이건 마치……."

 '미끼' 같잖아.

 그것도 반드시 물어야만 하는 '미끼'.

 셰인이 일장을 뻗었다.

 천마신공의 묘리가 손바닥에 맺혀 눈앞의 적들을 일거에 소거했다.

 콰아앙!

 "크아아악!"

 "괴물이다! 도망쳐!"

 '둠스데이'의 길드원들은 셰인의 압도적인 힘 앞에 겁을 집어먹었다.

 그만큼 대단했다.

 문제는 셰인만 이곳에 있는 게 아니라는 것이다.

 차라리 셰인만 있었다면 그들은 어떻게든 그를 죽이려 했을 터.

 "괴물들!"

"괴물들이다!"

"어디서 저런 괴물들이!"

'소천마' 소속 무인들이 날뛰었다.

같은 유저라는 게 실감이 안 될 정도로 고절한 무공이 적진을 유린했다.

'둠스데이' 측 병력은 약 200으로 '소천마'는 고작 60.

3배가 넘는 병력 차였지만 결과는 참담했다.

"한 놈도 놓치지 마라."

셰인의 명령에,

"존명!"

무인들이 하늘을 날았다.

붉고 푸른 강기가 대지를 뒤집었다.

셰인은 뒷짐을 진 채 고고히 흙먼지가 나부끼는 곳을 거닐었다.

"네, 네놈은 무엇이냐!"

카이테 기습 작전의 팀장을 맡은 호웬은 작금의 사태를 믿을 수 없었다.

독검 하벨이 이끈 부대도 만만찮았지만 어렵지 않게 모두 제압할 수 있었다.

물론 기습이었기에 당연한 결과였다. 하지만 기습이 아니었어도 압도적 승리를 자신할 수 있었다.

그만한 병력 차였다.

지금처럼.

셰인이 빛을 등진 채 섰다.

역광에 그의 얼굴이 그림자에 덮였다.

소름 끼치는 목소리가 어둠으로 뒤덮인 입술에서 흘러나왔다.

"알 것 없다."

새까만 강기가 셰인의 손을 휘감았다. 먹물이 번지듯 아득한 어둠이 허공을 적셨다.

"그저 너희의 행패를 더는 좌시할 수 없을 뿐."

"웃기지 마!"

[천마신공]

셰인이 손을 위로 들었다.

손바닥 위로 검은 강기가 소용돌이치듯 한 점으로 응축되었다.

그것은 먹이 잔뜩 담긴 구슬이 되었다.

[멸구(滅球)]

구슬이 떨어졌다.

호웬이 악을 쓰며 셰인을 공격했다. 하벨의 목숨을 앗아 간 매서운 공격이었다.

셰인은 몸을 돌렸다.

볼 것도 없다는 듯이.

"컥!"

짧은 단말마였다.

셰인의 등 뒤로 강기가 폭발했다.

모든 것을 녹여 버릴 극악한 위력이 카이테 한복판을 휘저었다.

"대장."

셰인 옆으로 부관 이카와가 다가왔다.

"다 죽였나?"

"네. 한 놈도 남기지 않았습니다."

"그럼 바로 보고를 올려라. 그리고 병력을 더 지원받도록. 바로 작업에 돌입해야 하니까."

"알겠습니다. 그리고 본부 측에서 연락이 왔습니다."

"어떤?"

"본부가 공격당했다고 합니다."

"피해는?"

"전무하다고 합니다. 바로 역습에 가한답니다. 저희 쪽에서도 허용 가능한 인원을 차출해 합류하라 했습니다."

"네가 차출할 인원을 골라라."

"존명."

부관의 신형이 흐릿해지더니 그대로 사라졌다. 이형환위의 수법이었다.

"꽤나 빠르군."

예상했던 것보다 전쟁에 가속도가 붙을 모양이다.

셰인은 먼 산을 보다가 다시 뒷짐을 지었다.

자신은 명 받은 것만 잘해 내면 된다. 필요한 것이 있다면 따로 지시가 내려올 것이다.

셰인의 신형이 먼지만 남긴 채 사라졌다.

✠ ✠ ✠

한 진행자가 마법으로 날아오른 하늘 위에서 열변을 토해내고 있었다.

"지금 막 지원군이 도착한 듯합니다! 엄청납니다! 마법이 땅덩이를 할퀴듯 긁어내고, 수많은 전사들이 적에게 들러붙어 피와 살과 뼈를 가르며 죽이고 또 죽고 있습니다!"

그는 자신을 촬영하는 드론에 얼굴을 가까이 들이밀었다.

"난전입니다! 승부를 예측할 수 없습니다! 홀리 가디언이 오픈하고 유저 간 벌이는 가장 큰 전쟁이 지금! 이곳 카틀레타 평원에서 펼쳐지고 있습니다!"

이 영상은 실시간으로 수많은 채널에 전송되고 있었다.

수많은 인터넷 방송과 예스튜브, 몇몇 국가는 공중파에서 생방으로 송출되었다.

시청자는 최소 천만으로 추정.

세계 각지에서 보는 만큼 엄청난 숫자였다.

커뮤니티도 떠들썩했다.

〈과연 승자는?〉
〈자강두천의 결말. 궁금하다면 클릭!〉

…등 클릭을 유도하는 어그로성 제목도 많았다.

그만큼 대단한 관심이었다.

모두가 주목하는 전쟁.

지금까지의 가상현실 게임에서 치러진 전쟁과는 격이 다른 전쟁.

'둠스데이 VS 흑룡'.

두 거대 길드가 단 하나의 승리를 쟁취하기 위해 모든 것을 맞부딪치고 있었다.

※ ※ ※

"카이테는 성공적으로 재점령에 성공했다고 합니다."

"당연한 일이야."

기습을 허용했을지언정 빼앗길 생각은 없었다.

'소천마'를 보낸 이유는 그 때문이었다.

"방금 좌측 전열이 무너졌습니다!"

"바로 증원토록!"

"후방 3열 전원 진격!"

사령관과 지휘관들이 동분서주하며 부족한 곳에 병력을 투입한다.

차고 넘치는 곳은 다른 곳으로 분배해 밸런스를 맞춘다.

알딘은 높은 곳에서 그 광경을 시시각각 지켜보고 있었다.

양측 다 합쳐서 모인 유저 수는 1만에 달한다.

'역시 대단해.'

놀랐다.

이번 전쟁은 이쪽의 역습이었다.

노린 곳은 '둠스데이'의 3지부가 있는 이곳 카틀레타.

총본부와 거리가 멀며, 서북부를 책임지는 곳이라 무너트리기만 하면 서북부를 공짜로 얻는 격이었다.

'둠스데이'가 서북부 대륙엔 그리 힘을 싣지 않아 예비 병력 정도만 배치해 둘 줄 알았다.

'네놈 역시 한 수 앞을 내다봤단 말이겠지.'

방심할 수 없는 놈이다.

끌어올 수 있는 병력의 3분의 2를 이번 전쟁에 투입시켰다.

이렇게 된 거 반드시 승리해야 한다.

"아아! 지금 '흑룡'의 정중앙이 밀리기 시작합니다!"

위에서 진행자가 목청 터져라 소리쳤다.

"그나저나 어떻게 알고 온 거야?"

대량의 스크롤을 사용해 기습을 가한 거라 소문이 퍼질 리가 없었다.

"놀랍네."

거슬리긴 하지만 방해되지 않는다면 나쁠 것 없었다.

이번 전쟁은 반드시 승리할 테니까.

옆에 세워 놓은 '악신의 파편'을 쥐었다.

부관으로 참전한 실비아가 물었다.

"가시려고요?"

그녀는 한때 '둠스데이'에게 크게 당한 전적이 있어 '흑룡'의 소식을 듣고 먼저 가입 요청을 해 왔다.

랭킹은 48위로 그녀 역시 랭커였다. 원래는 37위였지만 '둠스데이' 때문에 떨어지고 말았다.

"왜? 너도 가게?"

"못 갈 것도 없죠?"

실비아가 살기를 잔뜩 머금은 채 검을 뽑았다.

데인 게 커서인지 의욕 만땅이다.

하지만 안 된다.

"너는 할 게 있잖아. '블랙 나이프' 쪽은 그럼 누가 연락하는데?"

"끄응……."

하폰과 '블랙 나이프'는 지금 중요한 임무를 수행 중이었다.

실시간 연락이 중요한 지금 담당자인 실비아가 본격적으로 참전하면 일이 꼬인다.

"그럼 왜 절 부관으로 데리고 온 건데요!"

성격이 만만찮은 여자라 바로 빼액거린다.

귀를 틀어막았다.

목청 한번 기가 막히다. 위에서 떠들어 대는 진행자도 이만큼 크진 않을 것이다.

"혹시 모를 사태에 대비하는 거지. 아무튼 나는 간다."

밑으로 폴짝 뛰어내렸다.

뒤에서 실비아가 욕하는 소리가 들렸지만 무시했다.

"대장이 나선다!"

"길드 사냥꾼이 나왔다!"

"길드 사냥꾼이 길드 사냥 하러 간다!"

내가 바닥에 내려선 순간 주변 아군들이 환호하기 시작했다.

환호를 들었는지 진행자의 목소리가 들렸다.

"오오오! '흑룡'의 주인! 길드 사냥꾼! 랭킹 포식자! 알딘이 나섭니다! 최강의 플레이어라 일컬어지는 그가! 전장을 휘저으러 갑니다!"

아주 소문을 다 내는구나?

이런 식으로 방해를 받을 줄이야.

덕분에 '둠스데이' 측에서 빠르게 반응했다.

공격적으로 치고 들어오던 걸 멈추고 방패를 앞세워 전열을 수비적으로 다듬었다.

"실수했어, 너희."

문제는 그럴수록 내가 더 깨부수기 쉽다는 것.

차라리 방해를 해서 내 HP를 최대한 고갈시켰어야 했다.

마력으로 성대를 강화시켰다.

숨을 크게 들이마셨다.

그리고 목소리를 토해 냈다.

"전구우우우우운!"

우렁찬 목소리가 전장을 쩌렁쩌렁 울렸다.

있는 힘껏 높이 뛰어올랐다.

'구원의 신격'을 개방했다.
'뇌전의 신력'이 몸 주위를 배회했고-
광마전사의 힘이 흑백으로 구분되어 날뛰기 시작했다.
"약진하라!"
그리고 '악신의 파편'을 적군을 향해 겨누었다.
'흑룡'과 '흑룡'에 힘을 실어 준 수많은 길드들이 한 몸이 된 것처럼 움직였다.
군기가 뜨겁게 달아올랐다.
그들은 맹렬하게 적진에 뛰어들었다.

"최대한 막아라!"
'둠스데이'의 총사령관이 당황한 목소리로 명령했다.
모두가 그 명령을 따랐다.
하지만 격차는 명확했다.
군기가 다르다.
어째서?
"비, 빌어먹을!"
최전방이 뚫렸다.
총사령관이 지휘관들에게 빨리 지원군을 요청하라 명령했다.
"다 죽여 버려!"

알딘이 아군 한복판에 떨어졌다.

붉은 안광을 흩뿌리며, 검격이 아군을 헤집었다.

'저놈 때문이다!'

알딘.

고작 단 한 명의 인물이 참전한 것만으로 적들의 사기가 넘쳐흐를 정도로 끓어올랐다.

반면 이쪽은?

'제, 제로스 님이나 호조 님이 오지 않는 이상은……'

현 상황을 역전시킬 수 없다.

아멜로스가 했던 말이 떠올랐다.

'공격하십시오.'

처음엔 그 말이 단순히 공격 명령인 줄 알았다.

'계속 공격하십시오.'

눈치를 챘어야 했는데.

"방어를 말라는 말이었구나."

한 번 방어 진형을 취했을 뿐이다. 한데 돌이킬 수 없는 결과가 나왔다.

동귀어진의 기세로 달려드는 적군은 순식간에 아군 진형을 파괴한 것도 모자라 궤멸의 기세로 영토를 침범했다.

"젠장! 다 공격해! 죽기 살기로 모두 공격해라!"

명령은 닿지 않았다.

그러기엔 그 짧은 순간 상황이 너무 빠르게 전개됐다.

총사령관은 이를 악물고 거대한 창을 잡았다. 이렇게 된 거

자신이 직접 출진해야 한다.

그 순간이었다.

"어?"

아군 한복판에 우주가 만들어졌다.

수십 미터 정도 되는 우주는 아군을 집어삼켰다.

밖에선 안에서 벌어지는 일을 알 수 없었다.

잠시 후, 우주가 사라졌다.

남아 있는 것은…….

"제기랄!"

아무것도 없었다.

"후우……."

'우주의 공포'가 파르르 진동한다. 과도한 힘의 사용 때문이었다.

덕분에 수백의 적 길드원을 지워 버릴 수 있었다.

과연 신급에 준하는 기물이었다.

다음 시전까지 꽤나 많은 시간이 남아 당분간은 사용할 수 없다.

"상관없어."

'악신의 파편'의 힘은 아직 한 번도 사용하지 않았다.

그 외에 스킬들도 잔뜩 있었다.

'둠스데이'는 전황을 뒤집을 수 없다.

"다행이야. 하루만큼은 이만한 병력을 줄일 수 있어서."

'둠스데이'가 전 병력을 움직이면 그 수는 헤아리기 힘들 것이다.

너무 많은 길드가 놈들의 산하에 강제로 들어갔다.

그래도 6천이 넘어가는 숫자다.

우리 측보다 2천이나 많다.

"6천이 증발하면 놈들 역시 쉽게 움직일 수 없어."

총사령관의 판단 미스 덕분에 엄청난 기회를 잡았다.

아군이 나를 빠르게 스쳐 지나갔다. 대부분이 '둠스데이'에 악감정을 가진 이들이다.

누구는 수십 번 살해당했고, 누구는 길드째로 파괴당했다.

"다들 날뛰어라."

'악신의 파편'에 검은 기운이 드리웠다. 그것은 2개의 신력과 공명했다.

악신 또한 신이다.

검에 담긴 힘 역시 신력이라면 신력.

나는 3개의 신력을 운용하며 광마전사의 두 기운을 칼날에 흘려보냈다.

파지지지직!

5개의 힘이 뭉치자 엄청난 스파크가 튀어 올랐다.

"한 방에."

두 번까진 필요 없다.

손잡이를 양손으로 쥐었다.
저 멀리 '둠스데이'의 총사령관이 달려오는 것이 보였다.
과연 총사령관답게 아군이 힘을 쓰지 못하고 밀려났다.
광안을 개안했다. 마력의 굴곡이 한눈에 들어온다.
[오델론이 흥미로운 눈으로 당신을 주시합니다.]
전임자의 메시지를 들으며 검을 내리그었다.
[파천무쌍패]
99퍼센트에 해당하는 위력이 검극에서 발현되었다.
일대가 문자 그대로,

'파천(破天)'되었다.

그리고 그 광경을 아멜로스가 지켜보고 있었다.
그가 짧게 중얼거렸다.
"안 되겠군."
아멜로스의 뒤엔 수천의 군대가 늘어서 있었다.

전쟁에 제법 일가견이 있다 생각했다.
머리싸움 좀 할 줄 안다고 생각했다.
강하다고 생각했고, 역시나 강했다.
하지만 이 정도일 줄은 몰랐다.

현실과 게임의 차이점을 이렇게까지 명확하게 파악하고 있을 줄은 몰랐다.

안일했다.

이번 전쟁을 맡은 총사령관에게 조금 더 직설적으로 얘기했어야 했다.

"지금이라도 바로잡겠다."

저 멀리 날뛰는 알딘을 보았다.

무신(武神)이라도 된 것처럼 아군을 유린하는 그 무위는 입을 떡 벌어지게 만들었다.

그 뒤를 따라 아군을 도륙하는 적군은 그야말로 기세의 파도에 제대로 올라섰다.

"전군."

창을 주 무기로 다루진 않는다.

하지만 선두에선 창만 한 게 없다고 생각했다.

지금도 그 생각은 변함없었다.

창극을 높이 세웠다. 그리고 90도로 떨어트렸다.

"진격하라."

목소리는 작았지만, 하나로 묶여 있는 만큼 모두에게 선명히 들렸다.

"진격하라!"

"진격하라!"

지휘관들이 진격을 복창하며 말을 몰았다.

길드원들이 함성을 내지르며 그 뒤를 따랐다.

그때까지도 나는 창을 직선으로 눕힌 채 말 위에 가만히 앉아 있었다.

"여기서의 승자가, 최후의 승자가 되리라."

그 말을 던졌을 때, 나의 뒤엔 아무도 없었다.

나는 말의 옆구리를 발로 찼다.

히이잉! 말의 울음소리와 함께 나의 몸이 앞으로 이동하기 시작했다.

✤ ✤ ✤

"저, 저게 뭐야?"

최초 발견자는 근처에서 적의 목숨을 끊던 길드원이었다. 그는 믿을 수 없는 눈으로 산등성이를 올려다보고 있었다.

함께 있던 동료가 무슨 일이냐 물으며 옆으로 다가왔. 그 역시 최초 발견자가 보는 방향을 보았다.

그리고 검을 떨어트렸다.

그와 같은 반응이 전장 곳곳에서 벌어졌다.

열심히 싸우던 '흑룡'의 유저들이 일제히 전투를 멈추었다.

그중엔 나 또한 있었다.

"미친."

입 밖으로 나올 말이 몇 가지 없었다.

그럴 수밖에.

그리 멀지 않은 곳에서 수백의 기마병대가 이곳으로 질

주해 오고 있었다.

 더 아득한 것은 수백의 기마병대 뒤로 개미 떼 같은 보병대가 진군해 오고 있었다.

 뒤를 보았다.

 아군 역시 많은 수가 남았지만, 폭주한 황소를 막는 건 또 다른 문제다.

"진짜 엿 같은 상황이구나."

 아멜로스는 이런 상황까지 염두에 뒀단 말인가?

 머리가 지끈거렸다.

 '악신의 파편'을 부러져라 쥐었다.

 내가 저 한복판으로 뛰어들까 싶다가도, 그건 자살행위였다.

 '그때처럼 놈들이 우리의 존재를 몰랐다면 모를까…….'

 북유럽 연합과의 전쟁에서 '둠스데이'는 우리를 아예 생각도 않고 기마병대를 운용했다.

 당시에 그 틈을 노리고 빠삐루스가 기마병대 한복판에 떨어져 적들을 쓸어버렸다.

 철저하게 준비했기에 가능한 일이었다.

 '전력을 다한다면…….'

 기마병대의 절반을 데려갈 자신이 있다.

 이마저도 내 목숨을 담보로 걸어야 하는 모험이었다.

 사실 수적으로만 따지면 엄청난 이득이다.

 나 하나로 수백을 데려가는 것이니까.

 하지만 총사령관인 내가 없어지면 사기는 곤두박질칠

것이고.

'그땐 패배한다.'

아멜로스는 이 전쟁에 모든 걸 걸었다.

호조의 뜻인지, 자신의 뜻인지 모르겠지만.

수천의 병력이 상실되는 순간, 하룻밤 사이에 '흑룡'은 도망자 신세가 되리라.

그것이 가상현실 게임의 한계였다.

믿을 수 있는 수는 몇 가지 있다.

'그들이 제때 와 준다면……!'

'소천마'의 일부 병력을 이곳으로 지원하라 요청했다.

한데 아직까지 오지 않은 걸 보면 시간이 꽤 걸리는 모양이었다.

물론 그들이 와 준다고 상황이 드라마틱하게 역전되진 않을 것이다. 전부 온다면 또 모르겠지만.

"일단 막는다."

지금 상황에선 길드원들에게 명령해도 들리지 않을 것이다. 손수 보여 주는 수밖에 없다.

시작은 요란하게.

[태양이 사라진 세계]

'악신의 파편'에서 불길한 어둠이 일었다.

순간 세상에 태양이 사라졌다.

생명의 근원을 잃은 세상은 순식간에 파멸하기 시작했다.

"뭐, 뭐야!"

"그어어억!"

"이런 미친……."

적진에서 괴로움을 호소하는 비명이 들려왔다.

어둠으로 파고들었다.

광안으로 보는 마력의 흐름이 평소보다 수배는 더 밝게 보인다.

[광섬:게헥]

수십 줄기의 빛의 섬유가 어둠을 한껏 헤집었다.

바닥을 긁어내며, 말째로 적을 갈라 버렸다.

두두두두-

양옆으로 말들이 지나쳐 가는 소리가 들렸다.

내 뒤로 보낼 순 없다.

검을 휘저었다.

검은 궤적은 어둠에 먹혀 보이지 않았다.

"크아악!"

"어, 어디서 날아오는 공격이야!"

당황에 찬 음성들이 곳곳에서 들려온다.

[리히트 소일레]

검극을 땅에 꽂았다.

빛이 폭발하며 사방에서 기둥처럼 솟구쳤다.

그 힘에 반응하듯 구원의 신격이 요동쳤다.

그때였다. 쉐에에에엑! 요란한 파공음에 고개를 왼쪽으로 젖혔다.

"역시 길드 사냥꾼!"

누군가 말에서 뛰어내렸다.

반듯하게 뻗은 창이 심장을 노렸다.

쩡-!

검극과 창극이 충돌했다.

나는 이해할 수 없는 눈으로 내게 맞선 자를 보았다.

"어떻게 앞을 볼 수 있지?"

"흐흐! 특별한 힘을 너만이 가진 게 아니지!"

창이 철렁 소리를 내며 파도처럼 휘었다.

탄력이 있는 것 같지도 않은데 엄청난 유연성이었다.

'빌어먹을!'

수많은 기병들이 나를 지나쳐 아군에게로 향한다.

'이 새끼 실력이 좋아!'

어디서 나타난 건지 모르겠지만 만만치 않았다. 어지간하면 일격으로 격퇴할 텐데, 이놈은 쉽게 밀리지 않았다.

창이 바닥을 긁으며 아래서부터 휘둘러져 왔다.

발로 창대를 밟아 높이 뛰어올랐다.

"호오! 반동을 이용했나!"

"뭐 하는 놈인지는 모르겠다만."

이렇게 실력 좋은 놈에게 발목을 붙잡히는 건 사양이다.

"그만 꺼져."

[리히트 다크니스:오버 쉘(Over Swell)]

발밑에 동그란 원이 그려지며, 흑백이 조화롭게 뒤섞이기 시작했다.

 빛과 어둠이 하나가 되었다.

 그것은 팽창과 수축을 반복하는 하나의 공간이 되었다.

 나는 남자에게 공간을 집어 던졌다.

 "오오!"

 뭐가 그리 재밌는지 감탄 섞인 목소리에서 웃음기가 느껴졌다.

 "이래서 알딘, 알딘 하는 거로군!"

 녀석이 창을 양손으로 쥐었다.

 엄청난 마력이 창날에 밀집되기 시작했다.

 광안으로 그것을 확인한 나는 경악할 수밖에 없었다.

 "저 새끼……!"

 저 힘을 알고 있다.

 이 역시 미래가 개변된 것인가!

 "무극천(武極天)!"

 에픽 클래스이자, 일곱 영웅을 베이스로 한 에픽 클래스 중에서 가장 강력하다 일컬어지는 클래스였다.

 한데 내가 아는 무극천은 저리 생각지도 않았고, 레벨도 가장 낮아 약해 빠졌었다.

 무엇보다 등장 시기가 너무 일렀다.

 [무환천룡격(武環天龍擊)]

 당대 천마조차 무의 신이 있다면 그것은 오래전 존재했던 무극천이라 말했다.

아멜로스 • 289

그는 동방의 신이었고, 영웅이었고, 그 자체였다.

그 힘을 이어받은 존재가 지금 절대적인 무의 일부를 공개했다.

"받아라아아앗!"

거대한 강기의 용이 소용돌이를 일으키며 나를 향해 솟구쳤다.

태양이 사라진 세계에서도 오롯이 자신만의 빛을 내는 그것은 수축과 팽창을 반복하며 빛과 어둠의 조화를 이룬 공간을 무참히 깨부쉈다.

"오의 격 스킬인가."

대단한 위력이다.

하지만 나 역시 '에픽 클래스'였고, 능력치 면에서 모든 걸 압도하는 존재다.

"놀라긴 했지만."

아직은 모자라다.

"그 정도로는 아직 모자라!"

태양이 다시 돌아온다.

빛이 암막 안으로 스며들며 주변이 밝아지기 시작했다.

[블러디 오러]

인간 한정 여포 스킬.

"크억!"

짧고, 굵은 비명이 들렸다.

무섭게 달려들던 강기의 용이 허공에서 흩어졌다.

시전자가 집중을 잃은 것이다.

점멸로 단숨에 놈의 앞으로 다가갔다.

"퇴장해라."

푸우욱-

가죽을 뚫고, 근육을 갈라, 뼈를 부러트려 심장을 관통했다. 그리고 반대 순서를 경험하며 검극이 등을 찢고 튀어나왔다.

"이름은?"

"…샬론."

검을 그대로 위로 들어 올렸다.

살갗이 종잇장 베듯 부드럽게 갈라졌다.

샬론이 휘청이며 바닥에 주저앉았다.

나름 힘겹게 괴롭혀 오던 창이 바닥을 나뒹굴었다.

"알딘이다!"

"죽여라!"

생존한 기병들이 말을 돌려 내게 돌진했다.

보병들 역시 나를 발견하고 미친 듯이 달려왔다.

[어둠 파먹기]

어둠이 궤적을 그렸다.

절반에 가까운 샬론의 몸뚱이가 어둠 속으로 사라졌다. 정면에서 달려들던 보병 부대의 중심부가 뻥 뚫렸고, 뒤까지 이어진 궤적은 말과 기병을 순식간에 지워 버렸다.

"크윽."

검을 쥔 오른팔에서 검은 스파크가 튀어 올랐다.

도를 넘어선 힘의 사용이 과부하를 일으킨 것이다.

사방이 포위되었다.

많은 적이 죽었지만, 그만큼 많이 살아남은 적이 사방에서 나를 공격해 왔다.

번개화와 번개의 길을 동시에 전개했다.

파직-

"빌어먹을."

HP, MP, SP가 동났다.

급박한 상황에 여유를 두지 못하고 남발했다.

컨트롤을 했어야 했는데.

신경 쓰지 못한 나의 실책이다.

"길드 사냥꾼을 잡았다!"

누군가 그리 외쳤다.

타다다다닥- 말발굽 소리가 소란스러워 귀가 아프다.

"대자아아앙!"

"알딘 님!"

"아, 안 돼!"

아직까지 죽지 않은 아군 길드원들이 안타까움에 탄식한다.

눈을 감았다.

이번엔 내 패배다. 하지만 다음번엔 다시 일어나 어떻게든 네놈의 목을 물어뜯어 주마.

홰애액!

귓가에 창대 꺾이는 소리가 들렸다.

삐이이이익-

호루라기 소리가 들렸다.
그 소리가 상당해 고막이 찌르르 울리는 듯했다.
"커억!"
그다음 지근거리에서 들려온 비명이었다.
감았던 눈을 떴다.
"늦지 않아 다행입니다."
검은 무복을 입은 일곱 명이 각자의 무공을 전개했다.
말이 엎어지고, 창이 떨쳐 나간다.
일장에 적이 밀려나고, 일권에 머리통이 수박처럼 깨졌다.
"시바… 죽는 줄 알았네."
'소천마'가 제때 도착했다.

✤ ✤ ✤

'소천마'의 출현은 상황을 반전시키진 못해도 알딘을 살리는 데 성공했다.
아멜로스는 아래로 내려가지 않고 상황을 주시했다.
"한 수가 있었단 말인가?"
그건 아닌 것 같다.

알딘을 보건대 분명 체념한 모습이었다.
'소천마'의 등장은 그에게도 기적이었던 것이다.
그렇다 하더라도 이것은 엄청난 운이었다.
그가 조사한 바에 따르면 알딘은 상당히 운이 많이 따랐다.
본인은 알고 있는지 모르겠지만.
"쉽게 끝내려고 했는데. 어쩌시겠습니까?"
아멜로스가 옆을 보았다.
그곳엔 어느새 한 남자가 서 있었다.
"뭘 어째? 전쟁에 내보내려고 날 데려온 것 아니었나?"
"최후의 보루였죠. 사실 이 상황을 계속 유지시키면 결국 이기는 건 저희일 것 같지만, 변수가 창출된 순간부터 또 어떤 변수가 나올지 모르니."
"내가 나서 빨리 끝내라는 말이군."
"부정은 않겠습니다."
"흐음."
남자, 제로스가 턱을 문질렀다.
언젠가부터 그의 몸에선 불이 꺼지질 않았다.
시도 때도 없이 흘러나오는 불길은 타인이 보기엔 불편했지만, 본인은 매우 편한 모습이었다.
아멜로스가 재차 물었다.
"어쩌시겠습니까?"
"별로 내키진 않군. 저 녀석이 저렇게 약해진 상태에서야……."
제로스의 시선이 정확히 알딘에게 향했다.

피로에 절은 놈은 지금의 자신에게 10초 이상 버티지 못할 것이다.
"좀 더 지켜보지."
아멜로스가 말없이 그를 힐끔 보았다.
"그러시다면야."
쩝! 아쉬움에 입맛을 다셨다.
이 남자를 다룰 수 있을 거라 생각하지 않아 실망스럽진 않았다.
"그럼 다녀오겠습니다."
"네가 가는 건가?"
"안 가시겠다고 하니, 제가 마무리를 지어야겠죠."
아멜로스가 이빨이 훤히 보일 정도로 웃었다.
그가 말 옆구리를 차자 울음을 터트린 말이 저벅저벅 앞으로 전진했다.

✤ ✤ ✤

"일어나라! 나의 종들이여!"
아즈마탄의 눈이 형형히 빛난다.
그가 손을 들자 수많은 좀비 군단이 몸을 일으켰다.
엄청난 숫자였다.
감히 헤아릴 수 없을 정도로 많았다.
"미쳤는데요……?"

"…바로 알딘에게 연락해."

같은 광경을 지켜보고 있던 넥티스의 말에 가이덴이 바로 친구창을 열었다.

그리고 곧장 알딘에게 통화를 걸었다.

"역시 존나 강하단 말이지."

나는 뒤로 빠져 '소천마'의 전투를 지켜보았다.

그들은 셰인처럼 천마신공을 익히지 않았지만, 감히 다른 유저와 비견할 수 없을 정도로 고강한 무공을 자랑했다.

하늘을 날듯 뛰어올라 대여섯의 적 길드원을 깨부수고, 칼짓 한 번으로 유려한 참격을 허공에 수놓는다.

쏘아져 오는 공격을 부드럽게 흘려보내 가하는 역공은 가히 예술이었다.

고작해야 열셋이 보일 수 있는 전력이 아니다.

'합격술을 제대로 익혔어.'

개개인으로 따지면 동렙의 유저들과 크게 차이 나지 않을 것이다. 무인(武人) 클래스는 나중에 추가될 일반 클래스에

대난투 • 299

지나지 않으니까.

 하지만 그들이 익히는 '합격술'은 머릿수가 추가될수록 그 위력이 기하급수적으로 증폭된다.

 숙련도에 따라 다르겠지만, 저들을 보건대 상당히 많이 합을 맞춘 듯 보였다.

 그러니까 수백 명을 거의 밀리지 않고 막아 내는 것이겠지.

 물론 합격술 역시 단점이 존재한다.

 바로.

 "나와랏!"

 콰앙!

 거대한 뭔가가 '소천마'의 무인 하나를 들이받았다.

 컥- 짧은 비명과 함께 무인이 허공을 날았다.

 "가볍구만!"

 빡빡 머리를 민 거구의 대머리였다.

 두께가 5센티미터는 넘어가는 두꺼운 풀 플레이트를 착용하고 있었는데, 전형적인 탱커 그 자체였다.

 무기는 거대 망치로 메제스의 것보다 훨씬 커 보였다.

 '역시 더 강한 적한텐 너무 무력해.'

 동급이나 하수에겐 절대적일지 몰라도, 전력 차가 확실하면 합격술은 의미가 없어진다.

 "이 몸까지 나서게 하다니. 아주 대단하단 말이지!"

 덩치가 망치를 어깨에 짊어졌다.

 놈은 의기양양한 얼굴로 '소천마'의 무인들을 보았다.

격의 차이를 느꼈는지 무인들이 서서히 뒤로 물러났다.
"하하! 어딜 가려고!"
덩치가 땅을 박찼다.
굼뜰 것 같은 외형과 달리 상당히 신속했다.
"후, 늦지 않아서 다행이에요."
익숙한 목소리가 옆을 스쳐 지나갔다.
나는 웃음을 터트렸다.
그래. 시간을 끌수록 우리가 이득이다.
지금처럼 가까이 있던 지원군이 계속 오거든.
꽝-!
창과 망치가 허공에서 격돌했다.
먼저 튕겨져 나간 것은 창이 아니었다.
"허업!"
창보다 열 배는 두꺼운 망치가 반발력을 이기지 못하고 뒤로 튕겨 나갔다.
빠삐루스의 눈에 푸른 귀화가 일렁였다.
창극에 고농도의 마력이 한 점으로 응축되었다.
[찌르기]
평범하기 짝이 없는 기본적인 공격 스킬.
그러나 시전자가 누구냐에 따라 위력은 천차만별.
"크아악!"
덩치의 왼쪽 옆구리에 커다란 구멍이 뻥 뚫렸다.
갑옷이 얼마나 두꺼운지는 무의미했다.

빠삐루스가 창을 회수하며 한 바퀴 빙글 돌렸다.
그는 팔을 반듯이 편 채 창대가 등에 딱 붙은 자세를 취했다.
"너, 너는······!"
"이거야 원."
창대가 등에서 떨어졌다.
빠삐루스의 신형이 불꽃처럼 질주했다.
"수준이 안 맞잖아?"
창을 내질렀다.
창날이 수십 개로 분열하듯 사방으로 갈라졌다.
덩치가 급히 방어 자세를 취했지만,
"차라리 맨몸으로 막지 그러냐?"
수수수수숭!
덩치의 전신에 무수히 많은 구멍이 만들어졌다.
창은 어느새 원래 자리로 돌아와 빠삐루스의 옆에 서 있었다.
덩치가 회색 먼지로 화했다.
이것이 세계 랭킹 3위의 강자의 힘이었다.
덕분에 '둠스데이'의 지원군은 기세가 한풀 꺾였다.
'좋아.'
나도 몸 상태가 어느 정도 돌아왔다.
다시 검을 쥐고 빠삐루스에게 다가가려는데-
「형님!」
가이덴에게 메시지가 왔다.
한창 급박한 상황에 무슨 일이란 말인가?

잠깐의 소강상태가 끝나기 전에 그에게 연락했다.

"무슨 일이야?"

(큰일이에요.)

가이덴이 현재 무슨 일이 벌어지고 있는지 최대한 간략하게 내게 설명해 주었다.

모든 얘기를 듣자 머리가 떵해졌다.

예상보다 일이 빠르게 진행되고 있다.

"지금 위치가 어디였지?"

(에버튼이에요, 형님. 카이테와는 거리가 꽤 됩니다. 아무래도 거기에서 일어나진 않을 것 같아요.)

"아냐. 카이테는 신경 쓰지 말고……. 에버튼이면……."

나는 전장을 둘러봤다.

이곳은 카틀레타. 대륙의 서북부에 위치한 평원. 그리고 에버튼은…….

"여기서 얼마 안 멀지 않아?"

바로 지도를 켰다.

손가락을 오므려 서북부 지역 전체가 한눈에 들어오게 만들었다.

현재 내가 있는 카틀레타에 빨간색으로 표시가 돼 있고, 바로 그 위로 바쟌이, 그 오른쪽 살짝 아래에 에버튼이 있었다.

카틀레타와 에버튼 사이엔 산맥 하나가 껴 있었다.

산맥이라.

"저건데? 잠깐……. 야, 너 어디야?"

(저희 여기… 이름 모를 산이에요.)

"산맥에 붙은 산?"

(맞아요. 여기가 바쟌 산맥이네요.)

"지저스."

하늘이 나를 도우려는 모양이다.

뜬금없는 연락에 계획이 틀어졌다 생각했는데.

아즈마탄 이 귀여운 새끼!

"좋아. 잘 들어. 너희가 해 줘야 할 게 있어. 아주 중요하니까, 반드시 성공시켜야 해."

(어떤 건데요?)

"지도상에 카틀레타라고 보이지?"

(네. 바로 옆이네요. 어……? 카틀레타, 여기 지금.)

"그래. '둠스데이'와 전쟁이 벌어지고 있는 곳이다. 이곳으로 좀비 군단을 유인해 와!"

그렇게만 되면 완전 난전을 만들 수 있다.

내가 진정으로 원하는 전장이 이곳에 펼쳐지는 것이다.

하지만 모든 일이 뜻대로 되는 건 아니듯.

운명이란 것은 갑작스럽게 눈앞에 찾아왔다.

하늘에서 열 개가 넘어가는 구슬이 폭발했다.

연보랏빛의 독무가 허공에 펼쳐졌다. 그것은 순식간에 넓은 전장에 뿌려졌고, 바닥으로 내려와 전신에 들러붙었다.

"모두 해독제를 먹어라! 독이야!"

카틀레타 평원에 거대한 독무가 자리를 잡았다.

나는 코를 틀어막고 정면을 응시했다.

그곳에서 누군가 말을 천천히 몰면서 나타났다.

그가 바로 독무를 퍼트린 장본인이었고, 내가 반드시 만나길 바랐던 인물이었다.

"가까이서 뵙는 건 처음이로군요."

보랏빛 독무 사이로 보이는 아름다운 백금발과 같은, 남자가 봐도 시선을 빼앗기는 아름다운 외모.

그러나 나에게만큼은 면상의 거죽을 뜯어내 찢어발기고 싶은 얼굴.

아멜로스가 나타났다.

✢ ✢ ✢

첫 복수는 상욱이었다. 상욱이를 스타트 라인에서 내려보냈을 땐 다소 안타까운 마음이 있었다.

녀석 역시 이용당한 것에 불과했으니까.

두 번째는 피타였다.

이놈은 아멜로스의 무기에 지나지 않는다. 불과 몇 시간 전 '흑룡'의 본거지에 쳐들어왔을 때 그냥 때려죽였다. 나름 분풀이하겠다고 맨손으로 조져 놨다.

별다른 감흥은 없었다.

그냥 속 후련한 정도.

마지막은.

"역시 너지."
"음? 저를 아시나요?"
아멜로스가 고개를 기울이며 묻는다.
너는 날 모르겠지만, 나는 너를 아주 잘 안다.
"아니, 몰라."
'악신의 파편'을 반듯이 세웠다.
아멜로스는 뭐가 그리 재밌는지 입가에 미소를 그리고 있었다.
"그냥 너일 것 같아서."
"무슨 말인지 모르겠네요. 그보다."
땅을 박찼다.
아멜로스는 생각보다 강하지 않다.
전생에서도 그랬고, 현생 역시 크게 다르지 않을 것이다. 놈은 지금 내 검을 절대 못 받는다.
왜 여기까지 왔는지는 모르겠지만.
실수한 거다.
"몸이 슬슬 굳지 않나요?"
"개소르……!"
검을 오른쪽 어깨까지 돌려 휘두르려는 순간.
근육이 뻣뻣해지기 시작했다.
전신이 마비되듯 통제를 벗어난다.
"효과가 대단하죠?"
아멜로스가 사라지지 않는 독무를 보았다.

"비싼 겁니다. 정말 혹시 모를 상황에 대비해서 가져왔는데, 결국 써먹고 마네요."

"크악!"

"모, 몸이……. 커헉!"

녀석이 말을 끝내기 무섭게 곳곳에서 비명이 터져 나왔다.

아군이 적들의 날붙이에 죽어 간다.

모두 아무것도 못한 채 무력하게 쓰러진다.

왜 우리만 몸이 마비되고, 적들은 멀쩡하단 말인가?

"당연히 모두한테 해독제를 먹였죠. 아, 기존의 길드원들한텐 못 먹였네요."

눈동자만 굴려 적들을 보았다.

확실히 상당수가 독무로 인해 사지가 마비되어 움직이지 못하고 있었다.

이가 바득 갈렸다.

아멜로스는 치밀할 정도로 많은 것을 준비했다.

다행인 점은 이 모든 것을 타파할 수 있는 힘이 내게 있다는 것.

무리를 조금 해야겠지만.

"구원의 신력… 최대 출력."

[개방]

단 한 번도 구원의 신력을 최대치까지 개방한 적 없었다. 그럴 필요가 없었다. 오로지 나만 효과를 보면 되는 거니까.

['구원의 신력'이 당신이 아군으로 식별한 인원을 전부

포용합니다.]

몸에서 막대한 힘이 빠져나가기 시작했다.

하마터면 주저앉을 정도였다.

견뎌 냈다.

티 내지 않았다.

그저 줄기차게 뿜어져 나오는 신력을 노골적으로 드러냈다.

"…이게 무슨!"

아멜로스도 이건 예상치 못한 눈치였다.

['구원의 신력'의 효과로 모든 상태 이상이 소멸합니다!]

['구원의 신력'의 효과로 몸 상태가 빠르게 회복됩니다.]

같은 메시지가 신력의 가호를 받는 모두에게 떴을 것이다.

일방적으로 당하던 '흑룡'의 길드원들이 신력을 등에 업고 반격하기 시작했다.

"어떻게? 이 정도까진 아니었을 텐데!"

"보이는 게 전부는 아니란다."

화가 나는 것은 또 한 번 아멜로스에게 당했다는 치욕이다.

그것과 별개로.

"곱게는 안 죽일 거다."

"자, 잠깐만!"

'악신의 파편'이 날카로운 파공음을 내질렀다.

사악한 궤적이 아멜로스의 왼쪽 어깨를 가로질렀다.

"어?"

반응조차 못했다.

아멜로스는 멍한 눈으로 자신의 어깨를 보았다.

아직 달라붙어 있다.

방금 뭐였을까? 분명 따끔한 느낌이……

"으아아아악!"

어깨에 붉은 실선이 그어졌다.

팔이 비스듬히 갈라지며, 밑으로 툭 떨어졌다.

현실감 없는 광경에 절로 비명이 나왔다.

깜짝 놀란 말이 앞발을 들며 울음을 토해 냈다.

"멀었어. 일단 추하게 나뒹굴어라."

말의 목을 베었다.

커다란 머리가 똑 떨어지자, 다리를 흔들던 말의 거체가 바닥에 엎어졌다.

"크악!"

아멜로스가 바닥을 굴렀다.

정신을 차리기 힘든지 우왕좌왕하며 일어서려 한다.

오른쪽 다리를 베었다.

"크악!"

허벅지 단련을 열심히 했는지 팽팽한 근육이 드러났다. 아멜로스가 제 다리를 쥐었다. 잘린 부분에서 피가 줄줄 새는 걸 막지 못한다.

"겨우 게임이다."

"자, 잠깐… 모두 나를 살려……. 커헉!"

목에 검을 박아 넣었다.

"겨우 게임이라고. 나는……."

입 밖으로 튀어나오려는 말을 다시 집어넣었다.

여기서 할 말이 아니다.

아멜로스가 살기 위해 바동거린다.

웃기지도 않는 모습이었다.

되레 화가 났다. 휘적이는 오른팔을 붙잡았다. 목을 꿴 검을 뽑아 그대로 팔을 난자했다.

"카아아악!"

"아파? 지랄하지 마! 게임에서 뭐가 아파!"

팔 전체가 울긋불긋 부어올랐다. 줄줄 새는 피를 보며 악에 받친 목소리로 소리쳤다.

"이딴 게!"

팔꿈치를 갈랐다.

"뭐가 아프냐고!"

어깨를 베었다.

"네가!"

입을 움켜쥐었다.

아무 말도 할 수 없도록.

"뭘 알아!"

악력으로 안면을 우그러트렸다.

압력을 견디지 못한 눈알이 튀어나오려 한다.

"아멜로스 님!"

놈의 부하가 제 상관을 구하기 위해 몰려온다.

"저리 꺼져!"
하지만 '흑룡'의 길드원들에게 가로막혔다.
아멜로스의 얼굴을 보았다.
 잘생겼던 모습은 어디 가고, 어떻게든 살아남기 위해 발악하는 자만이 남았다.
 고작 이딴 걸 보려고 나는 지금까지 무엇을 했단 말인가?
짜게 식었다.
"그만 가라."
푸확!
목을 베었다.
아멜로스의 육체가 회색 먼지가 되어 흩어졌다.
고작 게임이다.
결국 다시 살아날 것이다.
자리에서 일어났다.
복수를 끝낸 건 아니다.
최종적으로 나는 아멜로스를 이 세계에서 퇴장시킬 것이다.
그러려면 '둠스데이'를 이 세상에서 지워야 한다.
"자, 다시 가자. 적들을 유린하러."
전쟁이 다시 시작되었다.
그리고 저 멀리서.
((모든 인간에게 파멸을! 저주를! 대륙의 멸망을!))
아즈마탄과 수만의 좀비 군단이 모습을 드러냈다.
그 앞엔?

"사, 살려 주세요!"
"짜증 나게! 좀 닥치고 뛰기나 해!"
가이덴과 넥티스가 전력으로 도망치고 있었다.

✤ ✤ ✤

"요즘 세상 참 흉흉하네요."
"그러게나 말이다."
"누가 이길 것 같아요?"
겉으로만 봐도 고귀하게 생긴 백금발의 미인이 동행하고 있는 동료에게 물었다.
"글쎄다. 영상이 전체적인 구도만 보여 줘서. 전쟁 같은 건 디테일이 중요한 거잖아. 크기만 보면 '둠스데이' 쪽이 더 많긴 한데."
백금발의 미인과 상반되는 야성미 넘치는 흑발의 미녀가 턱을 문질렀다.
전신에 걸친 적색 갑옷이 덜그럭거린다.
백금발의 미인, 제시는 양손에 부드럽게 쥔 홀리 스태프를 품에 감쌌다.
"누가 이기든 우리한테 피해는 안 왔으면 좋겠는데~"
"우리한테까진 안 올 것 같은데? 랭커도 아니고, 따로 길드에 속한 것도 아니잖아."
랭커에 근접할 뿐, 대외적으로 노출된 적도 거의 없었다.

살짝 하드코어한 즐겜 유저일 뿐인 자신들을 해코지할까?

적색의 미녀, 아벨은 용의 어금니 같은 대검을 등에 짊어졌다.

"우리 같은 엑스트라들은 그냥 구경만 하면 돼. 할 거 하면서."

아벨의 말에 제시가 고개를 끄덕였다.

그녀의 말마따나 조금만 생각해 보면 자신들에게 딱히 피해가 오진 않을 것 같다.

"그래도 걱정은 되네요. 아닌 말로 홀리 가디언을 양분하는 두 세력이잖아요. 전쟁 규모만 봐도 사생결단을 낼 심산인 것 같은데……."

제시가 말끝을 흐렸다.

아벨은 굳이 뒷말을 듣지 않아도 그녀가 무슨 말을 하려 했는지 알 것 같았다.

"그건 조금 위험할 수도 있겠네. 승자가 '둠스데이'면 더욱이……."

지금까지 출시된 수많은 MMORPG엔 한 가지 공통점이 있었다.

강한 길드가 하나 나타나면 그 서버는 많은 통제를 받게 된다는 것. 바로 그 강한 길드에게 말이다.

홀리 가디언 역시 다르지 않았다.

크고 작은 길드들이 자신의 영역을 통제했다.

그것만 해도 상당히 피곤한 일이었는데, '둠스데이' 수준의 초대형 길드가 홀리 가디언을 일통한다?

플레이어들은 마음 놓고 게임을 즐기지 못할 것이다.

"으음…… 기왕 이길 거면 '흑룡'이 이겼으면 좋겠어요."
"이놈들도 이기고 나면 태도를 돌변해서 모든 유저들을 발밑에 두려고 할지도 몰라."
"'둠스데이'는 지금도 그러고 있잖아요. 많은 길드들을 복속시켜서 흡수하고, 마음에 안 드는 유저들은 게임을 접을 때까지 괴롭히고, 많은 영역을 그보다 많은 머릿수로 통제하고."
"그건 맞지. 그냥 공멸했으면 좋겠네."
"그게 제일 베스트일 수도 있겠네요."
비단 이들만의 생각이 아니었다.
수많은 유저들이 두 길드의 공멸을 바라고 있었다.
하지만 이곳은 게임 세상이고, 죽어도 되살아나기 때문에 공멸은 사실상 불가능했다.
두 사람도 그걸 알고 있어 그저 생각만 할 뿐이다.
"그나저나 진짜 화려하네. 알딘 저 사람, 진짜 괴물이야."
"어디 봐요."
제시가 아벨의 머리 옆으로 자신의 머리를 딱 붙였다.
하늘에서 영상이 찍히고 있는 터라 사람의 형상이라기보단 점처럼 보였다.
하지만 알딘이 사용하는 스킬들은 보다 선명하게 보였다.
특히 사방에 독무가 펼쳐졌을 때 알딘이 뿜어낸 구원의 신력은 순식간에 배경을 따뜻한 녹색으로 물들였다.
"진짜 저 사람은 대체 뭘 했기에 저렇게 강한 걸까요? 우리도 일하는 시간을 제외하면 진짜 게임만 하는데."

"태생부터 그런 사람들 있다잖냐."
두 사람이 다시 영상에 집중했다.
사실 그리 재밌진 않았다.
근접 거리에서 싸우는 걸 보는 것도 아니고, 거대한 흐름이 움직이는 것만 보인다.
두 사람이 살짝 심드렁해질 무렵이었다.
아벨이 경악한 목소리로 외쳤다.
"저, 저건 뭐야!"
"새까매요."
아벨이 영상을 크게 확대시켰다.
해상도를 조절하고, 화질을 올렸다.
새까만 어둠이 위에서부터 몰려오고 있다.
그 크기는 두 길드를 합친 것보다 몇 배는 더 거대했다.
그 순간이었다.

*3rd 메인 스트림
〈대륙 전역에 퍼져 있는 모험가들에게 보내는 편지〉
이 세상을 파멸로 몰아넣은 사악한 것들이 죽음에서 되살아났습니다. 악과 손을 잡은 미쳐 버린 과학자들의 소행입니다. 그들은 살아 있는 모든 것을 불태울 것입니다. 부디 그렇게 되기 전에 모험가님들의 도움을 구합니다. 제발 도와주십시오.
　　　　-추신. 대륙의 평화와 안녕을 바라는 이에게서-

세 번째 메인 스트림이 시작되었다.
그와아아악!
그리고 멀지 않은 곳에서 끔찍한 언데드들의 울음소리가 들려왔다.

✠ ✠ ✠

대륙 곳곳에서 좀비 군단이 나타났다.
그리고 그들의 배후엔 바벨토라니아의 과학자들이 있었다.
대륙은 순식간에 혼란에 휩싸였다.
평화롭던 마을은 지옥을 연상시켰고, 도시들은 불타올랐으며, 작은 나라들은 한 시간도 안 되어 멸망의 길을 걷고 있었다.

그리고 지금 이곳.
'흑룡'과 '둠스데이'의 결전이 펼쳐지는 카틀레타 평원에 가장 많은 수의 좀비들이 나타났다.
하늘에 떠 있던 진행자는 할 말을 잃었다.
지평선이 안 보일 정도로 새까맣다.
그것은 살아 있는 모든 것을 멸하기 위해 죽음의 바다가 되어 몰려오고 있었다.
"의도한 건지, 그게 아니면 타이밍이 엄청난 건지 모르겠군."
모두가 당황한 건 아니었다.
제로스는 팔짱을 낀 채 좀비 군단을 보았다.

"현실의 전장과는 많이 달라서 좋군."

용병으로서 수많은 전장을 구른 제로스였다.

진짜로 생과 사를 오갔으며, 수많은 총알이 몸에 박혀 불구가 될 뻔한 적도 있었다.

하지만 지금 같은 기분은 한 번도 느끼지 못했다.

죽음에서 자유롭기 때문일까?

그도 아니면 현실에서 찾아볼 수 없는 압도적인 광경 때문일까?

제로스가 시선을 옮겼다.

그곳엔 아멜로스의 목숨을 취한 알딘이 서 있었다.

그는 좀비 군단을 바라보고 있었다.

채앵!

대검을 뽑아 들었다.

주홍빛 화염이 일렁이는 대검은 주변의 모든 걸 녹이기 시작했다.

"일단 가장 껄끄러운 것부터 정리하고 보자고."

이런 식으로 다시 맞붙긴 싫었지만.

제로스가 땅을 박찼다.

그는 순식간에 허공을 격하며 알딘에게 질주했다.

거대한 불새가 광활한 날개를 펼쳤다.

"이건 인사다."

불새가 '흑룡' 진형의 한복판으로 떨어졌다.

✟ ✟ ✟

콰아아아앙!

하늘에서 갑자기 거대한 불새가 떨어졌다.

좀비 군단에 한눈팔고 있던 나는 불새가 지면에 충돌하며 발생한 폭발을 피하지 못했다.

"제로스!"

확인하지 않아도 불새를 떨어트린 자가 누군지 알고 있었다.

역시 마지막은 너인가?

방심한 상태라지만 불새의 폭발은 나조차 무시할 수 없는 위력이었다. 다행인 것은 아무도 죽지 않았다는 점이다.

[구원의 신격 최대 출력 유지 중]

전신에서 뭉텅이로 빠져나가는 구원의 신력이 모든 길드원을 보호했기 때문이다.

"허억! 허억!"

"많이 지쳐 보이는군."

검회색의 폭연을 가르며 제로스가 나타났다.

놈은 전보다 훨씬 난폭해진 모습이었다.

전신에서 터져 나오는 불길은 그가 이미 3차 전직을 목전에 두고 있다는 증거였고, 대검에 흐르는 불길은 이그니스의 축복의 영향이었다.

그때보다 더 강해졌다.

하지만 나만큼은 아니었다. 문제는 내가 많이 지쳤다는 것.

"이렇게 약해진 나랑 싸우고 싶냐?"
"딱히 너랑 싸우려고 온 건 아니다."
"그럼 그냥 가 주면 안 될까?"
"나는 '둠스데이'의 승리를 위해 이곳에 왔다."
그리 말하며 제로스가 입꼬리를 올렸다.
무서운 자식.
목적이 있다면 자신의 신념 정도는 꺾을 수 있다는 말인가?
정말 현실적이라 더 두려웠다.
'제로스의 등장을 예상 못한 건 아니지만······.'
아멜로스 때문에 힘이 너무 빠졌다.
특히 아직 사라지지 않은 독무 때문에 구원의 신격을 내게만 한정시킬 수 없었다.
"크큭!"
"뭐가 웃기지?"
갑작스러운 내 웃음에 제로스가 고개를 기울였다.
"암담한 상황에 실성했나?"
"그건 아니고. 그냥 좀 짜증 나서."
"짜증 날 만한 상황이긴 하지."
"이걸 고작 여기에 쓰고 싶지 않았는데."
상황이 정말 나쁜 게 아니라면 최대한 아끼려고 했다. 고작 '세 번'밖에 없는 기회였으니까.
그런데 지금 상황은 아무리 좋게 봐줘도 정말 나쁜 상황이었다.

"하아……. 돈으로 환산할 수 없는 거니까 잘 봐 둬."
"꿍꿍이가 있는 모양이다만, 그렇게 놔둘 생각은 없다."
제로스가 빠르게 쇄도해 온다.
하지만 너의 생각은 별로 중요한 게 아니란다.
"도와주십쇼, 사왕(蛇王)이시여."
쿠웅!
평원 전체를 짓누르는 거대한 압력이 출현했다.
제로스의 눈이 부릅떠졌다.
몰려오던 좀비 군단의 움직임이 일순간 움찔했다.
평원에 서 있는 모든 존재가 정지하듯 허공을 응시했다.
"어이, 알딘!"
제로스가 분노에 찬 음성을 내질렀다.
나는 씩 웃었다.
"제 앞의 모든 적들을… 치워 주세요."
((어렵지 않은 부탁이다.))
사왕의 거대한 몸통이 전장 한복판에 떨어졌다.

  ✠ ✠ ✠

사왕의 갑작스런 출현은 모두를 경악하게 만들었다.
당연하다면 당연했다.
유저 중 팔왕을 실제로 본 이는 손에 꼽혔고, 팔왕을 그저 이야기 속에서만 보던 이들이 대부분이었다.

애초에 사왕이 나타났을 때 많은 유저들은 그냥 거대한 뱀이 소환됐다고만 생각했다.

제로스의 외침이 아니었다면 모두가 몰랐을 것이다.

"사왕이다! 팔왕 중 하나인 사왕이다! 모두 도망쳐!"

무려 랭킹 1위인 제로스가 한 말이다.

믿지 못할 이유가 없었고, 사실이 아니더라도 저런 거대한 뱀과 싸우고 싶은 사람은 없었다.

문제는 도망칠 곳이 마땅찮았단 것뿐.

"빌어먹을!"

제로스가 욕지거리를 내뱉었다.

위로는 개미 떼 같은 좀비 군단이, 앞으로는 거대한 뱀이, 옆으로는 '흑룡'이 알딘의 명령을 받아 포위진을 펼치고 있었다.

"미치겠군."

제로스의 입에서 나올 만한 말이 아니었다.

상황이 그만큼 심각했다.

이런 수를 지금까지 숨기고 있었다니. 처음부터 풀었다면 아예 싸움조차 성립되지 않았을 것이다.

그러나 이렇게 당황한 것은 제로스뿐만이 아니었다.

유저들 얘기가 아니었다.

"대체 저런 절대적인 존재가 왜 이곳에?"

좀비 군단을 이끌고 가던 아즈마탄은 이해할 수가 없었다.

그 역시 오랜 세월을 살아온 존재인 만큼 팔왕에 대해선 누구보다 잘 알고 있었다.

실제로 마도왕과는 약간의 거래를 한 적도 있었다.

그때 생각만 하면 반사적으로 손이 떨려 왔다.

"거기다 사왕이라니……."

팔왕의 말단이라지만 그녀는 가장 포악하다고 알려져 있다. 실제로 들려온 소문도 굉장히 직관적이라 절로 오금이 떨릴 지경이었다.

수틀리면 그냥 잡아먹는다.

일말의 여지없이, 데리고 놀지도 않는다.

그냥 한입에 꿀꺽-

차라리 살아 있는 것을 가지고 논다면 살 수 있는 궁리라도 할 텐데, 그것조차 통하지 않는 상대인 것이다.

'지금이라도 우회해야 하나?'

그러기엔 수만에 달하는 좀비 군단을 일시에 컨트롤하는 건 불가능하다.

하지만 그냥 가기엔 수만의 좀비를 일거에 잃을 수도 있다.

아즈마탄이 이마를 짚었다.

그 개 같은 인간만 아니었다면.

"이렇게 된 거, 그 자식은 반드시 죽인다!"

아즈마탄의 눈에서 불길이 치솟았다.

"형님!"
"알딘!"
가이덴과 넥티스가 도착했다.
나는 그들에게 수고했단 말을 건넸다.
"그런데 저 거대한 뱀은 뭐예요?"
"사왕이다."
"사왕? 설마… 팔왕?"
넥티스의 되물음에 고개를 끄덕였다.
두 사람이 경악한 얼굴이 되었다.
사왕이 적진을 휩쓸고 있다. 한 번의 몸짓으로 수백 명의 '둠스데이' 길드원들이 쓸려 나갔다.
"네가 소환한 거야?"
"어."
"대, 대체 어떻게?"
넥티스는 믿을 수 없었다.
랭커인 만큼 누구보다 홀리 가디언의 진실을 깊게 아는 그녀였다. 팔왕이란 자들이 어떤 자들인지 조금은 알고 있었다.
그들은 인간으로 태어나 세상을 오시할 수 있는 힘을 지닌 절대자들.
현재의 유저들은 감히 쳐다도 볼 수 없는 초월적인 강자들이었다.
그런데 그런 존재를 알딘이 소환했단다.
"깊게 묻지 말고. 소환 시간은 길지 않아. 2차전을 준비한다."

나는 허공에 떠 있는 초시계를 보았다.

남은 시간은 30초.

시간 제약이 있을 거라곤 안 했으면서.

"앞으로 난전이 펼쳐질 거야."

세 세력이 곧 한꺼번에 충돌한다.

"무조건 우리가 승자가 돼야 해. 넥티스."

"지시할 거라도?"

"모두 불러. 이곳으로 총집결이다."

마지막 싸움까지 앞으로 30초.

아니, 이젠 20초다.

"아멜로스가 당했습니다!"

"급보입니다! 거대한 뱀이 나타나 아군 진영을 헤집고 있답니다!"

"급보! 급보! 언데드 군단이 전선에 도달했습니다! 삼파전의 양상으로 격전이 치러지고 있다 합니다!"

호조는 머리가 깨질 것 같았다.

어디서부터 잘못됐을까?

아멜로스의 예측은 정확히 들어맞았다.

'흑룡'의 군대는 카틀레타 평원 너머에 있는 3지부를 노렸고, 자신들은 놈들에게 제대로 맞섰다.

나아가 아멜로스가 수백의 기병과 수천의 병사를 이끌고 기습을 가했으니, 이건 질 수 없는 싸움이었다.

"아주 위험한 상황입니다! 빨리 병력을 보충하지 않는다면……!"

"시끄러워!"

보좌관의 재촉에 결국 호조는 폭발했다.

가뜩이나 머리가 깨질 것 같은 상황이다.

옆에서 재잘재잘 떠들지 않아도 궁지에 몰렸단 사실만큼은 누구보다 잘 알고 있었다.

"제로스는 어떻게 하고 있다지?"

"현재 최전선에서 적들과 싸우고 있답니다. 그 덕에 아군이 압도적으로 밀리지 않는 모양입니다."

"뱀이 사라졌답니다!"

문을 박차고 들어온 부하가 희소식을 가져왔다.

호조는 안도의 한숨을 쉬었다.

어디서 나타난 뱀인지 모르겠지만 천에 달하는 병력이 사라졌다.

"모든 병력을 그곳에 보내. 당장."

"이미 모두에게 지시를 넣어 놨습니다."

보좌관의 한발 빠른 대처에 한 번 더 안도할 수 있었다.

머릿수만 따진다면 '흑룡'은 자신들을 어찌하지 못한다.

"얼마나 걸릴 것 같지?"

"잠시."

보좌관이 회중시계를 꺼내 들었다.

그는 시간을 대충 계산하고는 말했다.

"가장 빠른 자들은 10분 내로 가능하지만, 스크롤을 구하지 못한 자들은 한 시간이 넘을 겁니다."

"젠장! 알던이겠지? 스크롤을 독식한 놈이."

"4천에 달하는 병력이 한 방에 카틀레타 평원에 나타났습니다. '흑룡'이 대량의 스크롤을 매입한 게 확실합니다."

"후우……. 그래도 보충되는 병력만으로 어떻게든 되겠어."

문제는 언데드 군단이었다.

대륙 곳곳에서 발호하고 있는 언데드 군단은 빠른 속도로 여러 나라를 멸망시키고 있었다.

몇몇 소국은 이미 국가의 기능을 상실했고, 대국의 주요 도시들도 함락되었다.

"언데드 군단의 수는 몇이지?"

"대략 3만이라고 합니다……!"

아직 평균을 낼 순 없지만 다른 곳에 출몰한 언데드 군단의 수는 대략 5천~1만 정도다.

가장 거대한 언데드 군단이 카틀레타 평원에 출몰한 것이다.

머리가 지끈거려 왔다.

"우리 쪽이 최대로 모이면 얼마나 되지?"

"1만이 조금 안 될 겁니다."

으득-

'흑룡'에게 당한 게 너무 컸다.

6천의 병력을 고스란히 지킬 수만 있었어도 아멜로스가 데리고 간 병력까지 합해 총 2만 정도는 충당했을 것이다.

"어떻게든 승자는 우리가 되어야 해."

호조가 깍지 낀 손에 힘을 주었다.

손가락 마디가 붉게 물들어 가기 시작했다.

"나가 보겠습니다."

보좌관이 묵례를 하고 문을 나섰다.

"크악!"

그리고 찢어지는 비명 소리가 이어졌다.

호조가 자리에서 벌떡 일어났다.

바로 문 앞에서 들려온 비명이었고, 들려온 목소리는 방금 나간 보좌관의 것이었다.

검을 챙겨 들었다.

빠르게 문에 다가가 문을 벌컥 열었다.

"씨발!"

회색 먼지가 수북하게 쌓여 있다. 그 위엔 회중시계 하나가 놓여 있었다.

보좌관의 것이었다.

그때였다.

"호조."

스산한 목소리가 그의 이름을 불렀다.

차가운 날붙이가 목덜미에 닿았다.

그리고 문이 다시 닫혔다.

호조는 목이 타들어 가는 듯했다.

그는 최대한 긴장감을 숨긴 채 입을 열었다.

"넌 누구냐."

호조가 고개만 비스듬히 돌렸다.

습격자의 모습은 보이지 않았다. 날붙이 뒤로 검은 장갑만이 언뜻 보일 뿐이다.

"알던 말이 맞았군. 가장 혼란스러울 때야말로 최고의 기회를 잡을 수 있다. 넌 어떻게 생각하지?"

"'흑룡'이었나. 여길 어떻게 알았지?"

"그것까진 나도 모르겠는데. 굳이 알 필요도 없잖나. 알고 있어도 말할 이유도 없고."

목소리에서 조소가 느껴졌다.

호조는 강렬한 치욕을 느끼며 주먹을 세게 쥐었다.

일이 꼬여도 너무 꼬여 버렸다.

그때 문이 한 번 더 열렸다.

"마무리했다."

"너는!"

호조의 눈이 이번엔 왕방울만 해졌다. 지금까지 눈여겨보고 있던 사내가 나타났으니 그럴 만했다.

사내가 시큰둥한 목소리로 물었다.

"나를 알고 있나?"

"잭 오로스……. 모르는 게 이상하겠지. 밤의 제왕으로 유명하니까 말이야."
"그럴 수도 있겠군."
설마 암흑가의 거물까지 끌어들였다니.
이런 얘기까진 듣지 못했다.
아니면 아멜로스가 말하지 않은 걸까?
"인생이 이렇게 꼬일 수도 있구만."
"나쁘게만 생각하지 말라고. 너희가 저지른 일의 대가를 이제야 치르는 거니까."
"젠장……."
푸욱!
습격자, 하폰의 단검이 호조의 목을 파고들었다.
'둠스데이'의 본거지가 '흑룡'의 손아귀에 떨어지는 순간이었다.

"알았다."
하폰에게 성공했다는 연락을 받았다.
이것으로 한시름 덜었다.
과거 '둠스데이'의 본거지가 어딘지 알고 있어서 정말 다행이었다.
그들은 수차례 본거지를 옮겼지만 최초의 본거지를 제외하곤 한 번도 공개된 적 없었다.

"시기가 좋았다고 해야겠지."

몰려오는 좀비의 목을 떼거리로 베어 버렸다.

"증말 끝도 없네!"

정확한 숫자는 모르겠지만 죽여도 죽여도 끝을 모르고 몰려온다.

처음엔 삼파전의 양상으로 가려고 했는데, 각자 좀비 디펜스를 하는 느낌이었다.

"서쪽 뚫립니다!"

"아, 안 돼!"

"틀어막아!"

뚫리는 순간 끝장이다!

사왕의 유지 시간이 너무 짧은 게 흠이었다.

그렇다고 한 번 더 쓰기엔 너무 아깝다.

해 볼 수 있는 데까지 해 봐야겠지.

'악신의 파편'을 높이 들었다.

"모두 뒈져 버려라!"

[악신의 시선]

하늘이 새까매졌다.

신급 아이템의 영향은 작은 장소로 한정되지 않는다.

거대한 눈이 부릅떠졌다.

그것은 뱀의 것이었고, 만물을 피 말려 죽일 듯 노려보았다.

그어어어-

가아아악!

좀비들이 괴성을 지른다.

이미 죽은 자여도 죽음조차 기만하는 진정한 신의 눈앞에선 한낱 미물에 지나지 않는다.

[악신의 시선을 받은 모든 생명체의 능력치가 15퍼센트 감소합니다.]

문제가 있다면 피아를 구분하지 않는다는 것 정도?

길드원들에게 미안했지만 더 커다란 효과를 위해서라면 어쩔 수 없다.

'활로부터.'

광섬:게헥으로 좀비들을 긁어냈다.

신성력은 언데드들에게 가장 치명적인 힘.

화이트 쉘이 좀비들을 휩쓸고, 리히트 소일레가 땅에서 솟구쳐 좀비들을 집어삼켰다.

빛과 어둠의 충돌은 둥근 폭발을 일으켜 물리적인 힘만으로 좀비들을 쓸어버렸다.

가지고 있는 모든 힘을 사용했다.

그러면서도 여력을 남겨 두었다.

콰아아아앙!

멀리서 거대한 불길이 치솟는다.

신성력과 함께 언데드에게 가장 치명적인 화염이었다.

"화려도 하다."

3마리의 불새가 지면에 충돌한다.

아까 전에 나와 길드원의 머리 위로 떨어졌던 불새였다.

콰아아아앙!

폭발이 화려하게 허공을 수놓았다.

불길이 흩어지자 그 안에서 한 남자가 아래로 착지했다. 전신에 불길이 일렁이는 것이 제로스였다.

"저놈을 어떻게 해야 해."

아직까지 균형이 안 깨진 이유는 제로스 때문이었다.

지금의 '둠스데이'는 굉장히 나약한 상태다. 사왕이 있는 힘껏 헤집어 놓았기 때문이다.

지원 병력이 오지 않는 이상 바람 앞의 등불에 불과할 터였다. 원래라면.

"칫!"

당장에라도 달려가 놈의 목을 치고 싶지만,

"그만 좀 몰려오라고!"

좀비 떼가 가만두질 않는다.

그렇게 폭격을 했는데도 정도를 모르니, 또 한 번 사왕을 소환해야 할 수도 있겠다.

하지만 우리 측에 지원군이 오면서 상황이 달라졌다.

"알딘!"

"알딘 씨!"

가장 먼저 들린 것은 메제스와 스네이크가 부르는 소리

였다. 그들은 말을 몰고 이곳으로 질주해 오고 있었다.

그 뒤엔 각자의 길드를 이끌고 있었는데, 총 200에 달하는 지원군이었다.

"형! 저 왔어요!"

그다음은 창식이었다.

하늘에 마계의 문이 열리며 나타난 창식이는 나를 힘껏 부르더니 빠르게 좀비 군단을 휩쓸기 시작했다.

이전처럼 마왕의 힘은 다루지 못하나 많이 성장했는지 전에 봤을 때보다 훨씬 강력해져 있었다.

"늦었습니다."

셰인이었다.

그를 부를 생각은 없었다. 그러나 상황이 상황이다 보니 셰인의 힘은 반드시 필요했다.

'소천마' 전원이 전쟁에 투입됐다.

수는 적었지만 합격술은 그들의 힘을 증폭시켰다.

셰인은 천마신공의 힘으로 좀비 군단과 '둠스데이'를 사정없이 후려쳤다. 가히 신공무학을 보는 것 같아 괜히 가슴이 떨렸다.

그 외에도 여러 랭커들과 길드가 돕기 위해 나타났다.

그중엔 '흑룡' 소속이 아닌 곳도 많았다. 오로지 '둠스데이'를 몰아내겠단 일념하에 찾아온 것이었다.

"인방의 효과가 꽤 크구나."

하늘에서 열심히 중계하는 진행자를 보았다.

인방의 순기능이란 게 이런 것일까?

다음에 시간이 나면 나도 한번 도전해 봐야겠다.

"여유가 좀 생겼다."

많은 이들이 도와줬다.

그래 봐야 좀비 군단에 비하면 티끌에 불과하지만, 모두 강한 자이니 어긋났던 균형이 서서히 돌아올 것이다.

뚫리기 직전인 곳도 이미 완벽하게 메워졌다.

평소였다면 방심했을 상황이지만,

"모두 집중을 놓치지 마!"

안정권에 들어섰다 해도 아직 '놈'이 나서지 않았다.

지금의 유저들로는 타파하기 힘든 강력한 적.

"이놈들!"

아즈마탄이 본격적으로 힘을 발휘하기 시작했다.

나는 길드원들을 뒤로하고 그곳으로 몸을 날렸다.

아즈마탄은 짜증이 났다.

사왕의 등장도 등장이었지만, 그녀가 사라지고 나서도 인간들은 도저히 밀릴 생각을 하지 않았다.

확실히 키리코가 준비해 둔 마기만으로는 한계가 있는 모양이었다.

화가 났다.

이미 좀비 군단은 대륙 곳곳에서 발호하는 데 성공했지만, 아즈마탄은 이곳에서 성공을 거두고 싶었다.

그래야만 진짜로 대륙을 발아래 둘 수 있을 것 같았다. 그래서 나섰다.

"이놈들!"

거대한 힘이 뿜어져 나왔다.

수많은 좀비들이 실 끊어진 인형처럼 바닥에 쓰러졌다. 그들의 몸 안에 내장됐던 마기가 아즈마탄에게 흘러들어 왔다.

"일단 네놈들부터 죽여 주겠다!"

아즈마탄의 두 눈에서 혈광이 뿜어졌다.

그가 하얀 가운을 휘날리며 날아올랐다

아즈마탄의 주변 공간이 불길한 기운으로 둘러싸였다.

아즈마탄이 정면을 보았다.

그곳엔 알딘과 제로스가 각각 녹빛과 불길을 두른 채 그를 향해 날아오고 있었다.

"죽어라!"

등진 동서남북 방향으로 검은 구체가 떠올랐다.

하얀 가운이 점점 커지며 그 안에서 수많은 기계 촉수가 튀어나왔다.

혈광이 사라진다.

픽- 하고 아즈마탄의 육신이 잿빛으로 타올랐다.

동시에,

((크하하하하! 힘이 넘친다!))

대난투 • 335

4개의 구슬이 이어지는 순간, 하늘까지 닿는 거대한 암흑의 거인이 강림했다.

그가 바로 아즈마탄이었다.

※ ※ ※

"설마 저 모습까지 선보일 줄이야……!"

못해도 50미터는 되어 보이는 암흑의 거인이 된 아즈마탄. 저 모습은 다음 메인 스트림에서나 선보이는 최종 형태였다.

추정 레벨은 550.

지금의 나보다 200은 더 높은 끔찍한 적이었다.

하지만 해내야만 한다.

"할 수밖에 없어!"

구원의 신력을 나에게 집중했다.

그때였다.

"알딘!"

쾅!

허공을 불로 격해 방향을 튼 제로스가 내게 쇄도해 왔다.

"으악! 이 미친놈이!"

타오르는 대검이 목 언저리를 훑고 지나갔다.

갑작스러운 기습이었기에 하마터면 즉사할 뻔했다.

"무슨 짓이야!"

"적에게 할 말은 아닌 것 같다만."

제로스의 등 뒤로 파랗게 타오르는 화염의 날개가 펼쳐졌다.

저 날개까지 개방했을 줄은 몰랐다.

"얌마! 싸우더라도 일단 저것부터 치우고 싸워야지!"

"시끄럽다!"

채앵!

'악신의 파편'과 대검이 허공에서 충돌했다.

불똥이 사방으로 튀어 올랐다.

((하하! 자기들끼리 싸우는구나.))

웅장한 울림처럼 아즈마탄의 목소리가 천지를 진동시켰다.

아즈마탄이 손을 들어 올렸다. 워낙 거대했기에 굼떠 보였으나, 면적만으로 평원을 덮을 정도였기에 피하는 건 불가능했다.

((사이좋게 사라져라.))

새까만 에너지가 거대한 손바닥에 압축되었다.

"꺼져, 이 트롤 새끼!"

제로스의 가슴팍을 발로 밀었다.

번개화를 사용한 다음 곧장 번개의 길을 최대한 길게 만들었다.

제로스도 혀를 차며 몸을 화염으로 물들였다.

콰앙!

굵직한 광선이 평원에 떨어졌다.

자신의 좀비 따윈 생각하지 않고 벌인 무식한 공격이었다. 그러나 위력만큼은 엄청났다.
　콰아아아앙!
　수백의 좀비가 일시에 소거됐다.
　근처에 있던 유저들은 힘을 버티지 못하고 즉사하거나 엄청난 피해를 입었다.
　"이런 젠장! 다 너 때문이잖아, 이 새끼야!"
　나는 악에 받쳐 제로스에게 소리쳤다.
　꺼졌던 제로스의 몸이 다시 타올랐다. 놈은 별다른 피해를 입지 않았는지 평소의 모습 그대로였다.
　"웃기는군. 나는 가장 귀찮은 너를 먼저 치우려고 한 것뿐이다."
　"네놈은 생각이 없는 거냐? 하긴 예전부터 그랬지!"
　"예전? 네겐 딱히 나의 모습을 보여 준 적이 없다만."
　그렇겠지.
　내가 말한 예전은 전생에서의 모습이니까.
　놈은 타인의 감정에 공감하지 못한다.
　나도 대부분 적으로 마주했던 터라 잘 알지는 못한다. 하지만 들은 건 많았다.
　지금만 봐도 알 수 있었다.
　"차라리 잘됐다. 네놈부터 치우고 저 녀석을 죽일 테다."
　"말은 쉽게 하는구나."
　제로스가 비죽 입술을 비틀었다.

우리의 대화를 듣고 있던 아즈마탄이 비웃음을 터트렸다.

((크하하! 날파리들끼리의 싸움 구경도 재밌군! 하지만 날 가장 짜증 나게 하는 것들이니 빨리 죽여 주마!))

이번엔 양팔이었다.

거대한 광선이 나와 제로스를 각각 노렸다.

이번에도 피할까 했지만 뒤를 보니 그건 아무래도 안 될 것 같았다.

'이번에도 피하면 진짜 큰일이다.'

방금 광선으로 아군이 적잖은 피해를 입었다.

한데 이번 공격에까지 당한다면 아즈마탄이 좀비까지 같이 공격하더라도 결국 밀릴 것이다.

그만큼 좀비의 수는 아직도 많이 남아 있었다.

제로스도 이번만큼은 막아야겠다 싶었는지 검을 치켜들었다.

나는 숨을 차분히 들이마시며 그립을 파지한 손에 힘을 주었다.

[아포피스의 화신]

[성전 모드:발키리]

두 가지의 힘이 동시에 발현되었다.

거대한 힘이 몸 내부에서부터 소용돌이치기 시작했다. 그것은 감당하기 힘들 정도로 거대한 힘이었다.

-크큭! 모든 걸 집어삼켜라. 모든 걸 먹어라. 모든 걸 이 세상에서 지워 버려라!

뱀의 목소리가 귓가에 울려 퍼졌다.

두 눈이 어둠으로 물들었다.

동시에 등 뒤로 순백의 날개가 펼쳐졌다.

상극의 두 힘이 충돌하자 하얗고 검은 스파크가 전신에서 튀어 올랐다.

[띠링! 결코 하나 될 수 없는 두 힘이 '공존'의 효과를 받습니다!]

[세상을 멸하려 했던 악신의 힘과 신살(神殺)을 위해 탄생한 신성력이 공존합니다!]

[있을 수 없는 일이 발생했습니다!]

"크아아아아!"

이마에서 세 번째 눈이 개안되었다.

새빨간 눈동자에 세로로 찢어진 동공이 꿈틀거린다.

발키리의 날개 반쪽이 사악한 신력에 중독되었다.

['타천사의 힘'이 당신을 휘감습니다.]

[모든 능력치가 지금부터 10분간 4배 증가합니다.]

['타천사의 힘이' 끝나는 시점부터 10분간 당신은 아무것도 할 수 없습니다.]

허공에 초시계가 떠올랐다.

나는 이마에 돋아난 뿔을 느끼며 쏟아져 오는 광선을 향해 검을 직선으로 내리그었다.

[오델론이 흐뭇하게 당신을 지켜봅니다.]

광선이 두 쪽으로 갈라졌다.

그리고 쇄도한 참격이,
((크악!))
아즈마탄의 왼쪽 거완을 절삭했다.

† † †

믿을 수 없는 변화였다.
설마 '아포피스의 화신'과 '성전 모드:발키리'가 융합할 줄은 꿈에도 생각 못했다.
그러나 힘에 감탄할 시간이 없었다.
내게 주어진 시간은 10분.
주머니에서 알약을 꺼내 입에 물었다.
['경시되는 생명'의 효과로 공격력이 120퍼센트 증가합니다!]
허공을 발로 박찼다.
날개가 펄럭이며 속도가 가속했다.
주변 풍경이 일그러지며 구분조차 할 수 없게 되었다.
((아아아알디이이인!))
아즈마탄이 오른손을 뻗었다.
워낙 거대해 피할 수 없을 것 같았다.
하지만 너무 느려 보였다.
이마에 떠진 세 번째 눈 덕분일까? 너무나 선명하다. 이 정도 동체 시력에 이 정도 속도라면 못 피할 건 또 뭐란 말인가?
 방향을 선회했다.
 거대한 주먹을 따라 그대로 비행했다.
 자유로웠다. 하늘을 나는 새들이 이런 느낌일까?
 나는 털어 내듯 검을 내질렀다.
 별다른 스킬이 필요 없었다.
 타천사의 힘은 그 자체로 강력했다. 흘러나온 기운만으로 어지간한 스킬보다 더 강했다.
 ((크허억!))
 아즈마탄이 괴로움에 비명을 질렀다.
 거인이 되었기에 피격 범위가 넓어졌다.
 나는 사정없이 검을 휘둘렀다.
 검은 잔상이 허공을 수놓았고, 수백 발의 참격이 놈의 몸을 헤집었다.
 "와……."
 "저게 대체 뭐야? 버그 아니야?"
 "믿을 수가 없군……."
 평원에 모인 유저들은 믿기 힘든 광경에 탄성만 흘렸다.
 진행자 역시 마찬가지였다.
 "대… 대단합니다. 뭐라 말할 수가 없군요. 뭘 한 건지 모르겠지만 저런 모습으로 변하면서… 알딘은 정말 굉장해졌습니다."
 영상을 시청 중인 사람들은 당연하게도 경악했다.

커뮤니티는 서버가 터질 정도였고, 함께 영상을 시청하던 이들은 그저 입을 쩍 벌릴 뿐이었다.

〈1인 레이드……. 저것이야말로 1인 레이드다.〉

누군가 그렇게 글을 적었고, 그 글은 순식간에 베스트 글이 되었다.
그만큼 알딘의 모습은 모두에게 충격적으로 다가왔다. 특히나 멀지 않은 곳에서 지켜보고 있는 제로스에겐 더욱이.
"괴물이 됐군."
원래 괴물인 건 알고 있었다.
하지만 지금의 모습은 그것조차 뛰어넘은 것 같았다.
제로스는 자신의 대검을 보았다.
불길이 사그라지지 않은 만큼 엄청난 위용을 자랑하지만 저것 앞에선 한없이 작아 보인다.
"기회를 노려야겠어."
그렇다고 포기한 것은 아니다.
저 힘을 무한정 사용할 수는 없을 터.
제로스는 사실 정정당당과는 거리가 먼 인물이다.
그는 알딘이 가장 약해졌을 때, 그 뒤를 노릴 것이다.

((허억!))

아즈마탄의 오른팔마저 잘려 나갔다.

흉곽엔 깊은 상흔이 새겨져 숨조차 제대로 쉬지 못했다.

그럼에도 나는 무덤덤하게 검을 내질렀다.

((아, 안 돼…….))

아즈마탄은 이미 5미터 정도로 크기가 줄어든 상태였다. 많은 힘을 잃고, 상처 입은 탓이었다.

((이럴 수는 없다…….))

초시계를 보았다.

'타천사의 힘'은 이제 2분밖에 유지하지 못한다.

그 뒤론 아무것도 못하고 무기력하게 쓰러져 있겠지.

여유를 부릴 때가 아니다.

"살짝 허무하긴 하지만, 그건 내 사기적인 힘을 원망해라."

((이노오옴……. 이노오오오옴!))

'악신의 파편'을 들어 올렸다.

타천사의 힘이 칼날을 물들였다.

아즈마탄이 악에 받친 얼굴로 몸을 던졌다.

두 팔을 잃었기에 그는 박치기라도 할 요량이었다.

서걱-

물론 닿지 못했다.

나의 일격이 먼저 아즈마탄의 목을 베었다.

그것으로도 죽지 않아 이를 악물고 난도질했다.

"그만 사라져라아아아!"

검은 궤적이 땅에 박혔다.

주변에 있던 좀비들이 힘의 여파에 그대로 소멸했다.

[1분 남았습니다.]

어느새 시간은 1분으로 줄어들었다.

하이 리스크 하이 리턴이 목전으로 다가왔다.

푸욱!

원래 크기로 되돌아온 아즈마탄의 등에 검을 꽂았다.

놈은 단 한 번 몸을 움찔하더니 더 이상 움직이지 않았다.

[띠링! 축하드립니다! 3rd 메인 스트림 공략의 최대 공적자가 되셨습니다!]

메인 스트림이 끝난 건 아니지만 우두머리인 아즈마탄을 죽이면서 가장 많은 공적치를 획득했다.

나는 거친 숨을 몰아쉬며 주변을 보았다.

주인을 잃은 좀비들이 미쳐 날뛰기 시작했다.

가뜩이나 버서크 모드로 강화된 놈들이었다.

'30초!'

남은 시간은 고작해야 30초.

나는 바로 제로스를 찾기 위해 하늘로 날아올랐다.

그러는 동안에도 시간은 계속해서 줄어 갔다.

"제발! 제발!"

제로스를 죽여야 내가 죽어도 전쟁에서 이길 수 있다. 좀비 군단이 걱정이긴 하지만 주인을 잃은 놈들은 체계가 없기 때문에 어떻게든 이겨 낼 수 있을 것이다.

제3의 눈이 적진을 샅샅이 살폈지만 대체 어디로 사라졌는지 안 보인다.

아랫입술을 깨물었다.

"빌어먹을!"

'둠스데이' 방향으로 검을 휘둘렀다.

타천사의 힘이 적진을 시원하게 휩쓸었다.

그곳에 가볍게 착지해 힘을 방출했다.

제로스가 안 보인다면 머릿수라도 최대한 줄이겠다.

"몽땅 사라져라!"

있는 힘껏 타천사의 힘을 둥글게 퍼트렸다.

탱커들이 쏜살같이 튀어나와 방패를 앞세웠다.

아즈마탄마저 유린한 나를 그들이 막는 건 불가능했다. 하지만 피해를 최소화시키는 데 성공했다.

"한 번 더……. 어어?"

다시 기운을 방출하려 했다.

쨍그랑!

'악신의 파편'이 손에서 떨어졌다.

나는 현기증을 느끼며 이마를 짚었다.

땅이 일어서고, 하늘이 눕는다.

주변이 소란스러워졌다. 시끄러운 이명이 찌르르 매미처럼 귀를 괴롭혔다.

어떻게 된 거지?

"드디어 끝났군."

그 사이로 제로스의 목소리가 파고들었다.

"내 승리다."

웃기지 마.

이게 어떻게 네 승리야?

묻고 싶었지만 입이 벌어지지 않았다.

아무것도 할 수 없다는 게 진짜 아무것도 할 수 없는 거였다니.

게임이라도 심하잖아.

항변하고 싶었지만 그조차 할 수 없었다.

"솔직히 놀랐다. 네게 경의를 표하지."

뒤통수에서 뜨거운 열기가 느껴졌다.

분했다.

분하고, 또 원통했다.

이렇게 끝나다니. 아직 다 끝난 건 아니지만 내가 죽게 되면 '둠스데이'의 본거지를 털어 버린 이유가 사라진다.

"이제 그만 죽어라."

쇄애애액!

대검이 허공을 가르는 파공음이 들렸다.

눈을 감았다.

서억!

제로스의 입가에 미소가 번졌다.
드디어 알딘의 목을 베었다.
거기에 불타는 대검이 놈의 시체에 불을 붙였다.
그래서인지 죽었음에도 회색 먼지가 되지 않았다.
나쁘지만은 않았다.
경이로운 힘을 가진 적이었다. 또 앞으로도 꾸준히 자신의 앞을 가로막을 적이기도 했다.
하지만 가장 큰 싸움에서 승리를 거둔 건 바로 자신이었다.
"'흑룡'의 잔당을 쓸어버린다."
잔당이라기엔 아직도 많은 수가 남았지만, 알딘이 없는 '흑룡'은 버러지 집단일 뿐이다.
제로스의 전신에서 화염이 폭발했다.
그가 당장에라도 적에게 쇄도하려는 순간—

섬뜩!
목덜미에 소름이 돋았다.
제로스는 자신의 눈이 커졌다는 걸 느꼈다.
'어떻게 된 일이지?'
돌아보지 않았으나 뒤에서 익숙한 인기척 하나가 느껴지고 있었다.
동공이 파르르 떨렸다.
대검을 양손으로 바짝 쥐고 몸을 돌렸다.
제로스가 헛숨을 들이켰다.

"후우……. 목이 베이는 기분은 영 별로란 말이야. 안 그러냐?"

그곳엔 알딘이 '선 채로' 목을 문지르고 있었다.

분명히 잘렸을 터였다.

분명히 불탔을 터였다.

"왜? 살아나서 놀랐어?"

"……."

"나도 까먹고 있었어. 나한테 이런 힘이 있다는 걸. 내가 '악귀'가 될 수 있다는 걸!"

알딘이 이빨을 드러낼 정도로 환히 웃었다.

"제대로 놀아 보자고, 제로스!"

"알디이인!"

허공에서 두 자루의 검이 격돌했다!

※ ※ ※

전쟁은 '흑룡'의 승리로 돌아갔다.

치열한 접전이었다.

뒤늦게 합류한 '둠스데이'의 지원군은 막강했고, 주인 잃은 좀비들은 격렬하게 날뛰었다.

그럼에도 어떻게든 이겨 냈다.

비록 '알딘'을 잃긴 했지만 그 역시 적측에서 가장 강한 자를 데려갔기에 손해는 없었다.

그로부터 1년이 지났다.

✤ ✤ ✤

"여기 맞아?"

"지도상으론 여기가 맞아. 들어가 보자."

두 남녀로 이루어진 파티가 조심스럽게 지하 동굴로 내려갔다.

그들은 쟝과 호야라는 이름으로 현재 히든 퀘스트를 진행하고 있었다.

쟝은 탱커 겸 근접 딜러로 둥그런 방패를 앞세워 동굴 안쪽으로 천천히 진입했다.

호야는 마법사였는데, 빛을 만들어 동굴을 밝혔다.

혹시 모르니 환히 밝히진 않고 전방 5미터 정도만 확인할 수 있는 화력을 일으켰다.

"근데 진짜 아테나의 방패가 있을까?"

쟝과 호야가 진행 중인 히든 퀘스트는 바로 아테나의 방패를 찾아오라는 것.

아테나는 그리스 로마 신화에서 전쟁과 지혜를 담당하는 여신이었다.

그런 신적 존재가 아끼던 방패가 이런 지저분한 곳에 있을 것 같진 않았다.

"없어도 어쩔 거야. 일단 있을 만한 곳은 다 찾아봐야지."

"그것도 그렇긴 하지만 죽으면 완전 손해잖아……."
"으음……."
두 사람의 레벨은 각각 397, 396이었지만 현재 있는 지역은 평균 레벨 450 이상의 몬스터가 출몰하는 곳이었다.
"다시 가자."
두 사람은 한 시간 정도 동굴을 걸었다.
동굴은 생각보다 평지여서 어두운 것 말고는 불편한 게 없었다. 그러다 보니 자연스레 여유를 되찾았고, 긴장감이 싹 사라졌다.
그 말인즉 이런 의심스러운 곳에서 절대 해선 안 되는 '방심'을 시작했다는 것이다.
"몬스터도 없나 봐. 편하게 가도 되겠는데?"
"따로 기척이 느껴지는 것도 없고."
"괜히 쫄았네. 하하하!"
몬스터가 없다고 확신한 쟝이 크게 웃었다.
호야가 혹시 모르니 소리를 낮추라 했지만 그럼에도 몬스터가 나타나지 않으니 그럴 필요가 없었다.
"빨리 끝까지 가 보자고. 여기 더 있으면 뭐 해?"
"그게 좋겠다."
두 사람은 속도를 높였다.
그리고…….

쉐렉-

천장에서 거대한 카멜레온이 나타났다.

천장과 동화돼 있던 몸체가 제 색을 되찾으니 끔찍한 독을 품은 듯 녹색과 보라색이 뒤섞여 있었다.

그것은 발소리조차 내지 않고 두 사람을 따라 동굴 깊숙한 곳으로 들어갔다.

그리고 카멜레온조차 떠난 직후, 누군가 그곳에 나타났다.

"염병. 더럽게 기네."

남자는 짜증 섞인 목소리로 투정을 부렸다.

"그나저나 천장에 꽤 센 놈이 달라붙어 있었네?"

남자가 천장을 바라봤다.

그곳엔 분명 아무것도 없었으나 순백으로 물든 남자의 눈엔 마력의 흔적이 또렷하게 보였다.

"흐음……. 재밌겠는걸."

남자의 입꼬리가 올라갔다.

그는 뒷짐을 지고 여유롭게 동굴 안쪽으로 걸어갔다.

"찾았다!"

쟝이 외쳤고,

"와아!"

호야가 신났는지 펄쩍펄쩍 뛰었다.

쟝은 빠르게 달려가 아테나의 방패를 들었다.

파란색 바탕에 순백의 원이 그려져 있고, 그 안에 황금으로 육망성이 새겨져 있다.

바로 상태창을 확인했다.

[아테나의 방패]

"진짜야!"

비록 장비할 수 없는 아이템이지만 퀘스트를 클리어할 수 있다는 생각에 신이 났다.

"나가자."

"스크롤 사용할게."

호야가 싱글벙글 웃으며 귀환 스크롤을 꺼냈다.

그녀가 바로 찢으려는 순간,

촤악!

"꺄악!"

뭔가가 그녀의 손을 타격했다.

손에 들린 스크롤이 바닥에 떨어졌다.

쟝이 놀란 얼굴로 방패를 앞세운 채 그녀의 앞을 가로막았다.

"괜찮아?"

"부, 부러졌어."

"빨리 회복 약 마셔."

호야가 급히 포션을 꺼냈다.

촤악!

"꺄악!"

그마저도 뭔가가 팔을 후려침으로써 떨어트렸다.

호야의 양팔이 부러졌다.

"대, 대체 뭐야?"

"천장! 천장에!"

호야의 다급한 외침에 쟝이 천장을 보았다.

챱챱챱-

녹색과 보라색이 뒤섞인 카멜레온이 둥근 눈알을 부라리며 자신들을 노려보고 있다.

쟝은 전신에 소름이 돋았다.

딱히 외형이 혐오스러워서가 아니었다.

[초맹독의 카멜레온][560레벨]

그 레벨이 상상을 초월했기 때문이다.

560레벨이라니?

듣도 보도 못한 레벨이다.

아무리 이 지역이 자신들이 감당하기 벅차다지만, 저런 괴물이 서식할 만한 장소는 아니었다.

"설마……."

쟝은 옆에 내려놓은 아테나의 방패를 보았다.

이 방패는 분명한 신물.

그렇다면 저 카멜레온은…….

"그걸 지키기 위한 수호자지."

그때 동굴 너머에서 목소리가 들려왔다.

챱?

카멜레온도 누가 오는지 몰랐는지 의아한 소리를 냈다.

"신물을 지키려면 어느 정도 수준은 맞아야 하잖아. 안 그래?"

쟝은 어둠 속에서 천천히 걸어 나온 남자를 보았다.

깔끔한 순백의 갑옷과 등 뒤에서 펄럭이는 적색 망토. 망토보다 조금 더 진한 듯 보이는 적발과 피를 머금은 듯한 적안까지.

"당… 신은?"

어디서 많이 본 복장이었지만 쟝은 곧바로 알아채지 못했다.

설마하니 '그'가 여기 있을 거라곤 생각하지 못한 탓이다.

남자가 빙긋 웃으며 말했다.

"나?"

그러곤 스스로를 가리켰다.

쟝이 고개를 끄덕였다.

"되게 평범한 사람이야. 그냥."

남자가 카멜레온을 보았다.

"신물을 지키는 수호자를 때려죽이러 온……."

우우웅!

'악신의 파편'이 울음을 토해 낸다.
"광전사라고나 할까?"
그 말을 하며 알딘은 히죽 웃었다.

                              10권에 계속

www.mayabooks.co.kr

www.mayabooks.co.kr